Amélie Dilzer
Elisabeth Löns – Ein Frauenschicksal

SeVERUS

Dilzer, Amélie: Elisbeth Löns – Ein Frauenschicksal
Hamburg, SEVERUS Verlag 2012
Nachdruck der Originalausgabe von 1913

ISBN: 978-3-86347-264-1
Druck: SEVERUS Verlag, Hamburg, 2012

Der SEVERUS Verlag ist ein Imprint der Diplomica Verlag GmbH.

Bibliografische Information der Deutschen Nationalbibliothek:
Die Deutsche Nationalbibliothek verzeichnet diese Publikation in der Deutschen Nationalbibliografie; detaillierte bibliografische Daten sind im Internet über http://dnb.d-nb.de abrufbar.

Elisabet Löns.

Elisabet Löns

Ein Frauenschicksal

von

Amélie Dilzer

Mit einem Titelbild
und
2 Illustrationsbeilagen

Malve Erbeck

in warmer Verehrung gewidmet

In memoriam

Hermann Löns

Geleitworte der Freunde

Sehr geehrte gnädige Frau!

*Schönen Dank für die Zusendung! . . . .
. . . . Wer Elisabet Löns ein Denkmal setzt, der
erfüllt eine Pflicht auch gegen Hermann, der in einem
Irrtum — immer noch liebend — von ihr gegangen
ist. Die Trennung dieser Beiden ist ein Vorgang von
erschütternder Tragik, der ihn aufgerieben und sie
zermalmt hat. Ich wußte wohl, was ich tat, als ich
bei der Enthüllungsfeier in Müden der verehrten Frau
— sie war bei der Feier zugegen — öffentlich das
Zeugnis ausstellte:*

„Unsers Hermanns erste, liebste und treuste Frau“.

*Es ist ein Unfug, wenn dieser Frau nachgesagt
wird, sie sei ihm kein geistig ebenbürtiger Genosse gewesen. Einen solchen wollte er garnicht, hätte er
ihn gefunden, so hätte er ihn abgelehnt. Aber eine
stille Förderin seiner Arbeit ist sie gewesen, sie hat
seinen Geist befruchtet, ohne daß er sich selbst darüber
klar war. Und in dieser entsagungsvollen heimlichen
Führerrolle hat sie sich ein unsterbliches Verdienst
erworben, wofür ihr dieser Dank gebührt.*

*Ich selbst habe das an ihm kennen gelernt, als wir
beide noch Studenten und Bundesbrüder waren. Wie
oft habe ich ihn auf einen Gedanken gebracht, den er
sofort aufgriff und zum Blühen brachte. Er nahm
ihn hin, sah mich strahlend an und hätte es mir nie
verziehen, wenn ich ihm später gesagt hätte:*

*„Siehst Du, da habe ich Dir doch mal einen Ge-
danken versetzt“. Auf das Buch freue ich mich . . . . .*

Inzwischen mit deutschem Gruß

Ihr ergebener

Thomas Hübbe*)

Hamburg, den 14. 11. 25.

---

*) (Hauptschriftleiter der Hamburger Nachrichten, Löns' treuster Freund von der Jugend
bis zum Grab und Hermanns einstiger Leibfuchs bei den Cimbern in Greifswald

. . . .

. . . *. Mit großem Interesse habe ich Ihr Manuskript gelesen und danke Ihnen vielmals für das mir entgegengebrachte Vertrauen.*

Das Wesen der Frau Elisabet Löns und dasjenige von Hermann Löns, auch das Verhältnis Beider zueinander ist richtig und gut herausgearbeitet. Weder Löns selbst, noch Frau Elisabet Löns haben je ein böses Wort übereinander gesagt. Ich wüßte es bestimmt, weil ich wohl derjenige Freund war, dem er das größte Vertrauen entgegenbrachte und den er in heiklen Angelegenheiten stets um Rat fragte.

Von 1894 bis 1914 war er mein Freund und Jagdgenosse.

Mehrere Jahre haben wir, namentlich in Klein Heidern, allein zusammen gejagt. Justizrat Busse ist der Freimut in dem Heideroman. . . . .

. . . .

. . . .

. . . .

Hannover, 22. 11. 25.

Dr. Dahlgrün

Die Greifswalder Turnerschaft
Cimbria

Greifswald, 17. Dez. 1925
Cimbernhaus, Karlsplatz 5.

Sehr verehrte gnädige Frau!

Für das Weihnachtsgeschenk, welches Sie uns in so überaus liebenswürdiger Weise bereitet haben, sprechen wir Ihnen unseren verbindlichsten Dank aus. Unsere Löns-Bibliothek ist durch Ihr hochherziges Geschenk um ein wesentliches Glied bereichert worden. Mit um so größerer Freude erfüllt uns Ihre Dedikation, als durch sie auch uns ein Denkmal gesetzt wird für die erste und treueste Frau unseres lieben Alten Herrn Löns, dessen Andenken wir als seine Bundesbrüder pflegen und ehren.

Gestatten Sie uns, Ihnen unsererseits die herzlichsten Weihnachtswünsche auszusprechen!

Hochachtungsvoll

Greifswalder Turnerschaft Cimbria

                    Frankfurt a. M., 30. 5. 26.
                    Hernesweg 30

        Sehr verehrte, gnädige Frau!

Die Tatsache, daß Ihr erst vor wenigen Monaten erschienenes Gedächtnisbuch „Elisabet Löns“ binnen kurzem bereits die zweite Auflage erleben wird, ist ein Beweis dafür, mit welcher Freude die große Löns-Gemeinde das Buch begrüßt hat. Das nimmt mich nicht wunder, denn Ihr Buch ist eine Tat. Die Tat einer Freundin, die es unternommen hat, ein wahrheitsgetreues Bild der viel verkannten ersten Frau des Dichters zu zeichnen, an deren Seite er neun schaffensfrohe, glückliche Jahre verlebt hat. Ihnen, gnädige Frau, gebührt das große Verdienst, manches Falsche, das über Löns' Leben verbreitet worden ist, berichtigt und der leidgeprüften edlen Frau, die den Heidedichter bis über seinen Tod hinaus geliebt hat, endlich den Platz zurückgewonnen zu haben, der ihr zukommt.

Kein Literarhistoriker, kein Lönsfreund wird künftighin an Ihrem so warmherzig und schlicht geschriebenen Büchlein vorübergehen dürfen, denn erst jetzt wird uns das Bild des Dichters klar. Erst jetzt kann auch ich den vergrämt aussehenden, stillen Mann verstehen, mit dem ich im Juli 1914 über die heimatliche Heide wanderte. —

                    Mit ergebensten Empfehlungen

        (*) *Dr. Emil Hartmann*

(*)
Oberstudiendirektor, Klinger-Oberrealschule, Frankfurt a. M.

Hannover, den 26. Mai 1926.

Sehr verehrte gnädige Frau!

Zu meiner großen Freude erfahre ich soeben, daß Ihr Buch „Elisabet Löns — ein Frauenschicksal —" bereits in verbesserter zweiter Auflage erscheinen soll.

Vor mir liegt gerade ein Büchlein „Meine Erinnerungen an Hermann Löns von Elisabet Löns-Erbeck" mit folgender Widmung:

„Herrn Justizrat Busse zur Erinnerung an die Enthüllung des Hermann-Löns-Denkmals in Müden a. d. Oertze am 25. September 1921.

*Frau verw. Hermann Löns
Elisabet, geb. Erbeck, Hannover."*

Ja, ich weilte auch in Müden bei der Einweihung des Gedenksteins und war Zeuge nicht nur der Ehrungen, die dem auf dem Schlachtfelde gefallenen Dichter Hermann Löns, sondern auch seiner ersten Frau zuteil wurden. Ich durfte sie begrüßen und ihr in aufrichtigem Beileid die Hand drücken; denn ich weiß, was sie dem gefallenen Dichter war, was sie in aufopfernder Liebe zu ihm aufgab und was sie in stummem, unsagbarem Heldentum gelitten! —

Deshalb unterschreibe ich Wort für Wort, was Herr Thomas Hübbe sagt: „Wer Elisabet Löns ein Denkmal setzt, der erfüllt eine Pflicht auch gegen Hermann, der in einem Irrtum — immer noch liebend — von ihr gegangen ist".

Sie haben es unternommen, ihr ein Denkmal zu setzen, und ich bin überzeugt, alle, die Hermann Löns und seine Ehen mit all' ihren Irrungen wirklich gekannt haben, sind Ihnen dankbar für Ihr Buch. —

Lassen Sie sich deshalb nicht beirren durch all' die Kritiker und Kritikaster, die in eitler Selbstüberhebung glauben, allein berufen zu sein, über Hermann Löns und sein Leben schreiben zu dürfen, und alle anderen, die sich desgleichen unterfangen, der Jagd nach dem schnöden Mammon bezichtigen. Man sucht keinen hinter dem Ofen, wenn man nicht selbst dahinter gesessen hat.

Alle Schmähungen und Verdächtigungen fallen auf die Kritiker selbst zurück und müssen Sie kalt lassen, wie sie mich kalt lassen.

Zu Ihrer Ehrenrettung sei aber gesagt, daß Sie von mir kein Material erhalten haben. Ich habe Sie vor dem Erscheinen Ihres Buches nicht einmal gekannt und kenne Sie nur durch das Buch. — Der Einzige, dem ich vertrauensseelig, was ich über Hermann Löns besaß, ausgeantwortet habe, ist — Erich Griebel! Und nun? — — — Schweigen wir darüber! —

Sie haben Ihren Freundschaftsgefühlen freien Lauf gelassen, aufrichtig und warmherzig Ihrer Überzeugung Ausdruck verliehen und damit, soweit ich es beurteilen kann — und ich war sicherlich in das Familienleben unseres Dichters einigermaßen eingeweiht! — das Richtige getroffen.

Vox populi, vox dei! (Volkesstimme, Gottesstimme!) — Warum rief man gerade die erste, bereits geschiedene Frau zur Einweihung des Gedenksteins in Müden? Warum nicht die zweite, nicht geschiedene Frau? —

Was man säet, erntet man! Wer Wind säet, wird Sturm ernten. Das mögen sich die scheelsüchtigen Kritiker merken und vorsichtiger mit dem Ausstreuen ihres windigen Samens sein. Es könnte sonst ein ungeahnter Sturm aufgehen und sie arg zerzausen oder gar von der literarischen Bühne hinwegfegen.

Frau Elisabet Löns-Erbeck hat nur Liebe gesäet und dafür auch Liebe geerntet trotz allem Leid, das ihr widerfahren.

„Es steht in der Bibel geschrieben
Ein ernstes gewaltiges Wort.
Den bittersten Feind sollst Du lieben,
So heißt's im Gesetze alldort.

Ich bin bis zum Tode betrübet,
Hing treu dem Gesetze doch an —
Der, den ich am meisten geliebet,
Der hat mir am weh'sten getan!" —

Weh, sehr weh hat der treu fürsorgenden, liebenden Gattin unser Freund Hermann Löns getan! Sie hat es ihm nicht nachgetragen. Sie hat ihn geliebt trotz alledem über sein Grab hinaus bis in den Tod. —

Deshalb gebührt ihr ungeschmälert der Ruhmeskranz, den Sie, sehr geehrte, gnädige Frau, ihr durch Ihr Buch liebevoll auf das edle Dulderinnenhaupt drücken.

Möge die neue Auflage Ihres Buches daher recht viele Leser finden! Glück auf den Weg!

Ihr ergebener

Busse

Vorwort

zur dritten Auflage

Im dunklen Tannenwalde
Ein Kreuzesstamm sich hebt;
Ums morsche Holz das Geisblatt
Die zarte Ranke webt.
Und auf des Kreuzes Spitze
Ruht eine Nachtigall,
Die singt das Lied der Liebe
Hinaus ins Weltenall.

Adolf Pichler.

In dritter, sorgfältig durchgesehener Auflage
erscheint mein Buch. Daß es bisher gute
Aufnahme fand und daß es ihm gelungen ist, das
Interesse für das Geschick von Elisabet und Hermann
Löns zu vertiefen, beweisen mir zahllose liebe,
freundliche Zuschriften, die mir sagen, daß ich im
Sinne Elisabets das Bild des geliebten Gatten nicht
trübte, denn sie liebte ja nur, duldete und verzieh,
im Bewußtsein, daß zu ihr ihn reine Liebe und
zarte, mit glühender Phantasie genährte Leiden=
schaft getrieben und an sie gefesselt hatte, bis un=
selige, krankhafte Triebe in ihm auflohten und, seine
Urteilskraft schwächend, das Liebgewohnte ver=
düsterten und zur Qual machten.

In der Ehe mit Elisabet atmete das Wesen von
Löns eine seltene reine Glut aus. Auch sein Humor
lebte nicht nur in übersprudelnden Ideen allein,
sondern er gestaltete diese Ideen auch so, daß sich
Lust und Leid mit scharfsinnigem Witz, über=
sprudelnder Laune, Geist und Gefühl — wie im
Leben selbst — bekämpften.

Als dann aber seine Natur ihr Gleichgewicht ver=
lor und sein Schmerz über verfehlte Lebenshoffnung

in ausschweifendem Sinnesrausch Betäubung und
gewaltsame Schwungkraft suchte, um die vielen
Stoffe und Ideen, die in ihm lebten, zu formen,
erschöpfte sich seine Phantasie in schwülen Bildern,
die eines dämonisch das andere drängten, bis sie
ihm selbst zur Bedrängnis wurden.

Das alles fühlte und lebte Elisabet trotz der
Trennung schmerzhaft mit ihm, denn sie las aus
dem, was er schrieb, zwischen den Zeilen heraus,
alles das, was ihn quälte und bedrängte: seine
Herzensnot, sein Unverstandensein, sein Alleinsein.

In den meisten Zuschriften an mich werden fast
immer Vergleiche gezogen zwischen dem Bild des
Dichters aus erster Ehe mit dem lieben, ruhigen
Ausdruck, den klaren, hellen Augen und den be=
kannten späteren Bildern mit den gequälten, schwer=
mütigen Zügen. Übrigens ist auch ein Irrtum unter=
laufen, den ich auf Wunsch der Schwester von
Elisabet, „Malve“, berichtige. Das erste Bild
Elisabets stammt nicht aus der Brautzeit, sondern
aus dem letzten Ehejahr, und dann hatte Elisabet
am Tage der Aufnahme des Doppelbildes schmerz=
lich geweint, was sich auch auf dem Bilde noch
bemerkbar macht.

Möge auch diese neue Ausgabe wieder viele
Freunde finden!

Karlsruhe, im Juni 1927.

Amélie Dilzer.

Elisabet Löns-Erbeck

Gott helfe Dir, wenn Du die Sonne noch siehst,
Gott segne Dich, wenn Du zu Füßen ihm kniest,
Ich will Deiner harren, bis Du mir nah,
Und harrst Du dort oben, so treffen wir uns da.
Aus Solveigs Lied.

Elisabet Erbeck hatte mit dem Dichter Hermann Löns im Jahre 1893 eine Liebesehe geschlossen, nachdem sie mehrere Jahre Erzieherin in vornehmen Familien des Auslandes gewesen war und auf Reisen die weite Welt gesehen hatte. Heimweh zog sie nach Deutschland zurück. Zunächst lebte sie bei ihrer Mutter in Hannover, dann führte ihr Lebensweg sie nach Münster in Westfalen.

In der dortigen Zeitung las sie oft Gedichte, die sie ihrer Eigenart halber ausschnitt und sorgfältig sammelte. Als Verfasser dieser Gedichte zeichnete ein „Hermann Löns" und oft hörte sie auch in Bekanntenkreisen von ihm, dem jungen „Erbdrost" sprechen.

Eines Tages ging Elisabet mit einer Freundin über die Aabrücke. Da begegnete ihr Hermann Löns zum erstenmal. Sie hatte eine auffallend schlanke, biegsame Gestalt und ein scharfgeschnittenes schönes Gesicht. Scharf musterten sie beim Vorübergehen seine blitzenden, tiefgründigen Blauaugen. Die Mensurnarben, die sein Gesicht durchzogen, verrieten den Studenten. Tieferrötend senkte Elisabet den

Blick. Ein sonderbares Gefühl stieg in ihrem Herzen
auf. Wenige Augenblicke später war Löns vor=
übergegangen. Aber sie konnte ihn nicht vergessen.

Bald darauf wurde sie ihm bei einem Fest vor=
gestellt. Ein freudiges Aufblitzen seiner Augen sagte
ihr, daß er sich ihrer ersten Begegnung noch wohl
erinnerte. Fortan trafen sie einander öfters; ge=
meinsames Interesse an den Wundern der Natur
führte sie zusammen und Hermann erklärte dann
Elisabet verständnisvoll die vielen Erscheinungen im
großen Reiche der Natur, an denen die meisten
Menschen gedankenlos vorübergehen. Elisabet sah
nur des Geliebten Bild und bald keimte innige Liebe
in beider Herzen. Die Tage verrannen den Glück=
lichen wie ein Traum.

Als Löns sich im vertraulichen Umgang ganz gab,
wie er war, fiel es Elisabet schmerzlich auf, daß seine
sprudelnde lustige Laune sich so blitzschnell in tiefste
Schwermut verwandeln konnte und düstere Schat=
ten auf die eben noch so sonnige Gegenwart warf.
Sie suchte vergebens nach Lösung dieses Rätsels
seiner Natur und weinte manche heimliche Träne
darum. Aber immer tiefer wurzelte ihre Liebe
und ihre temperamentvolle, sich seiner Eigenart so
ganz anpassende Persönlichkeit, mit ihrem warmen
Empfinden für alles Gute und Schöne im Leben,
zog Hermann in ihren Bann und ward ihm bald
unentbehrlich. Er sehnte sich unbeschreiblich darnach

und sein ganzes Bestreben war darauf gerichtet, die heißgeliebte Frau heimführen zu können. Löns war damals in Münster erster Assistent bei Professor Landois, aber in der katholischen Gegend und bei der Abneigung seiner strenggläubigen Eltern gegen die lutherische Elisabet durfte er an eine Verbindung mit ihr nicht denken.

Elisabet verließ Münster, nachdem sie sich gegenseitig Treue gelobt hatten, und auch Löns versuchte anderweitig sein Glück, um seinen Herzenswunsch verwirklichen zu können.

Ein reger Briefwechsel knüpfte ein festes Band voll Innigkeit und Tiefe und beide standen auf dem Gipfelpunkt des Glücks und ihrer Liebe. Alles zeigte sich ihnen im tröstlichen Lichte und frohe Zuversicht auf baldige Vereinigung überbrückte die Trennung.

Einmal schrieb Löns: „Wo ich wandre, geht die Sehnsucht mit mir; ich weiß aber, wohin sie mich führt, in den Frühling, in die Heide, zu meinem schwarzbraunen Mädel, zu stürmischem Wiedersehn. Alle unbeantworteten Fragen küssen wir uns dann vom Munde.

Manchmal halt ich's nimmer aus vor Heimweh nach den wonnigen Wanderungen in Münster, möchte Dich mit Liedern überschütten, aber nur ungereimtes Zeug fließt mir aus der Feder, und die vertintet immer nur „Elisabet!"

Im Herbst 1891 sandte er ihr folgendes, noch unveröffentlichtes Gedicht aus Neustadt an der Haardt:

Pfälzer Herbschte.

(Pfälzer Herbst)

Ich steh auf rotem Sandsteinbruch
Am alten Apfelbaum;
Nach Norden zieht mit wildem Flug
Mein tiefster Herzenstraum.
Des Herbstes letzter Sonnenstrahl
Der Berge Seiten küßt,
Ich acht es kaum, im Leinetal
Mein fernes Denken ist.

Der Weinstock prangt am Bergeshang
Von gelben Trauben schwer,
Der Winzer Schrei und Lustgesang
Klingt jubelnd um mich her;
O frohe Pfalz, in meinem Blick
Erscheinst Du trüb und grau,
Wo Du nicht bist, da ist kein Glück,
Du kleine, blasse Frau.

Manch Kopf voll dunkler Lockenpracht
Winkt mir verheißend zu,
Es fragt manch Auge schwarz wie Nacht:
„Warum bist einsam Du?"
Küß andre, schöne Pfälzerin,
Dein Glutblick fällt auf Sand,
Ich bin mit Denken, Herz und Sinn
Im fernen Welfenland . . . . .

Du kleine Frau, das Weihnachtsfest
Beschert mir Deinen Ring,
Ich baue Dir ein weiches Nest,
Wenn Ostern schlägt der Fink.
Ich weiß ein Häuschen weinumkränzt
An steiler Bergeskant;
Wo mir Dein kluges Auge glänzt,
Da ist mein Heimatland.

Meiner Braut

Neustadt a. d. Haardt, Oktober 1891.

Hermann Löns.

Das junge Paar war freilich mit Glücksgütern nicht reich gesegnet und so konnten sie erst 1893 ihre Liebesehe schließen.

Löns hatte sich ganz der Schriftstellerei gewidmet und fand eine Stelle als Redakteur in Hannover. Hier führte er seine geliebte Elisabet zum Altar. Trotz harter Entbehrungen kamen nun überglückliche Zeiten für beide. Mit keinem König der Welt hätten sie getauscht. Er war ihr Abgott und ihm war ihr treues Herz der sicherste Ruheplatz. Liebreich verstehend, stützte sie ihn, oft durch ungesprochene Worte, die seine von eigentümlichen Schwankungen bewegte Seele beruhigten, wenn er an sich selbst zweifelte, wie es bei seinem stürmenden und drängenden Schaffensgeist so oft geschah. Sie sprach ihm Mut zu und warnte ihn, sich zu zersplittern; ihre liebe, sanfte, schlichte Frauennatur, die doch stets die ausgleichende Stärke aufzubringen mußte, war ihm unentbehrlich. Sie war für Löns das Ideal der deutschen Hausfrau, wie Luther sie zeichnete: „Ein freundlicher Gesell des Lebens, die höchste Gnade und Gabe Gottes, fromm, freundlich und häuslich, mit der er friedlich leben, der er sich selbst und all sein geistig und leiblich Gut vertrauen konnte.“

Zürnte Löns im Unmut mit ihr, so gab sie ihm stillschweigend Gelegenheit, ihr eine oft nur geringfügige Freude zu bereiten; das beschämte und

besänftigte ihn. Ihre verzeihende Güte und Langmut
machten ihn zu ihrem Schuldner und er liebte sein
„Eulchen", wie er die kluge Elisabeth oft im Scherz
nannte, um so inniger.

Häufig aber mußte Elisabet auch stillschweigend
an manch bitterer Kränkung empfinden, daß sie die
seltene Rose, deren Duft ihr Herz erfreute, ihr eigen
nannte: den Heidedichter Hermann Löns.

Im Geldausgeben war der Dichter ein Kind.
Wahllos kaufte er zusammen, was ihm gerade gefiel,
und überschüttete jubelnd die geliebte Frau damit;
wenn dann Ebbe in der anfangs oft sehr schmalen
Kasse eintrat, war er beschämt und bat mit drolliger
Sündermiene: „Geh, sei nicht böse, liebes Eulchen!
Dein Finanzgenie bringt ja alles wieder in schönste
Ordnung." Und Elisabets klarer Verstand und rich=
tige Einteilung mußte wirklich das Schifflein des
Haushalts über Wasser zu halten und Soll und
Haben in richtigen Einklang zu bringen.

Allmählich zeigten sich bei Löns immer neue über=
raschende Eigenarten, die vom Alltäglichen abwichen
und in dem Hang zur Verstimmung der Gefühle be=
ruhten, die aber Elisabet, ihre Schwester und das
von Löns so sehr verehrte Mütterlein immer gedul=
dig hinnahmen. Nur zu leicht neigte er, wenn er
Ärger und Verdruß im Geschäft hatte oder ihm
sonst etwas nicht nach Wunsch und Willen ging, zu
unberechenbarem Jähzorn. Dann umgab ihn eine

24

wahre Gewitterschwüle; behutsam gingen ihm alle
drei aus dem Wege und ließen ihn ruhig austoben,
ohne ihm ein Wort zu entgegnen. War der Sturm
vorüber, dann erschöpfte er sich fast in seiner son=
nigen Güte mit Freundlichkeiten gegen alle. Nach=
tragen durften sie ihm aber nichts, das konnte er
nicht vertragen, selbst nicht wenn er wirklich im Un=
recht war und sie alle zum Weinen gebracht hatte.

„So bin ich nun einmal, mit meinem harten
Schädel — der Hermann Löns —, macht mich an=
ders, wenn ihr es könnt, ihr müßt mich nehmen,
wie ich bin und das Beste aus mir herausschälen“,
pflegte er dann mit Laune und Selbstbewußtsein zu
sagen.

Löns verehrte die feinsinnige alte Schwieger=
mutter sehr; sie gab ihm durch ihre lebhaften Er=
zählungen aus ihren Jugendjahren viel Anregung,
und wie ein Kind den Märchen lauscht, saß er ihr
oft wie ein kleiner Junge zu Füßen. Das waren
seine schönsten, wunschlosesten Stunden, in denen
seine dichterische Phantasie an Hand der lieben alten
Erzählerin durch die geliebte Heide wandelte.

Elisabet half ihm getreulich in seiner Berufsarbeit,
indem sie die Manuskripte sichtete und prüfte, die er
aus der Redaktion heimbrachte, so daß er ohne Auf=
enthalt weiter arbeiten konnte. „Ei, da hat ja mein
wackerer Famulus brav vorgearbeitet!“ sagte er
dann fröhlich und setzte sich heitern Muts an den
Schreibtisch.

In steter Bereitschaft mußte Elisabet für ihren
Gatten sein; keine Stunde durfte ihr zu früh oder
zu spät sein, wenn er gerade Lust zum Spaziergang
hatte. Wie zwei fröhliche Kinder gingen sie dann
Arm in Arm, zu Fuß oder zu Rad und kamen stets
mit Blumen beladen heim, die Löns geschickt und
geschmackvoll in Vasen und Schalen ordnete. Er
verstand auch wundervolle Feldsträuße zu binden,
an denen er seine helle Freude hatte. Strahlend
vor Glück, legte er die schönsten Sträuße vor Elisabets Mütterchen nieder: „Da haben wir wieder mal
tüchtig gegrast und bringen ganze Hüte voll Sonne
mit heim!" Und dann strahlte auch das liebe runz-
liche Frauengesicht den lieben, oft so unberechen-
baren Mann, dem sie doch so gut war, an und sie
strich ihm mit der welken Greisenhand über den
Scheitel.

Elisabet mußte auch die eingehenden Briefe öff-
nen und beantworten, was sie stets zu Hermanns
Zufriedenheit tat. Sie besaß eine hervorragende
Schilderungs- und Beobachtungsgabe, von der er
sich unbewußt manches aneignete. Eins wuchs ge-
wissermaßen in das andere mit seiner Eigenart hin-
ein und ihr gemeinsames Leben wurde zum tiefen,
klaren, ungetrübten Verstehen. Elisabet wurde
ihrem Hermann so unentbehrlich, daß er oft sagte:
„Wenn du einmal von mir scheidest, dann hat auch
für mich das Leben keinen Wert mehr; denn von

dir hängt soviel meiner Schaffenskraft ab; deine un=
beschreibliche Ruhe und Gelassenheit gibt mir so
großen Halt." Wenn sie nur kurze Zeit abwesend
war, sehnte er sich so sehr nach ihr, daß er ihr oft
unvermittelt nachreiste und sie unversehens wieder
mit heim nahm. Das beweisen viele wunderbar
innige Briefe an Elisabet, die er ihr während der
Ehe schrieb.

Alle, die zu Besuch kamen, fühlten sich wohl bei
ihnen, und Hermann hörte gern, wenn es hieß: „Bei
Lönsens ist es doch immer am schönsten!" Nur un=
gern aber nahm er selbst Einladungen an. „Du,
Eulchen, sag mal, kannst du nicht zu B's allein
gehn?" fragte er ausweichend. War er aber dann
doch mitgegangen, so war er bald der Lustigste von
allen und zog die ganze Gesellschaft durch sprühende
Laune, mit der er alle fortriß, in seinen Bann. Un=
erschöpflich waren seine lustigen Einfälle; er sang
mit rührend falschem Tonfall die drolligsten Lieder
und, wenn man über seine zwergfellerschütternden
Töne vor Lachen platzen wollte, meinte er ganz
ernsthaft: „Was ist denn dabei zu lachen? Ich habe
doch als Student auf der Kneipe wunderschön singen
können!" Wenn dann alles lachte, war er der
Lustigste.

Mit feinem Geschmack, wie ihn auch sein Äußeres
bekundete — er galt sogar oft als Stutzer, weil er
sich mit größter Sorgfalt kleidete —, bestimmte er,

was Elisabet tragen solle. Am liebsten sah er sie in Weiß und freute sich sehr, wenn sie auffiel, hübsch aussah und man sie ihrer Gertenschlankheit halber für ein junges Mädchen hielt, was dann oft drollige Verwechslungen gab, die ihm viel Spaß bereiteten.

In den glücklichen Tagen seiner Ehe mit Elisabet sagte er einmal zu seinem Verleger: „Ich lobe mir meine schlanke, kleine Frau; dicke, fette Weiber haben alle einen geistigen Defekt!"

Löns liebte sehr Kinder und es schmerzte ihn tief, als sich keine Hoffnung zeigte, daß er ein eigenes Kind in die Arme schließen werde, ja, daß seine Ehe im Verlauf der Jahre kinderlos blieb. Elisabet wollte er es zwar nicht empfinden lassen, aber sie mußte es doch; ihrem Feingefühl blieb die Enttäu=schung ihres geliebten Mannes nicht verborgen und sie weinte manche heimliche Träne. Wenn aber Löns ihre verweinten Augen sah, so wurde er um so verstimmter und ein leiser Schatten senkte sich un=merklich auf das sonnige Glück. Er konnte an Elisa=bet keine traurige Miene sehen, denn er war so sehr an ihre gleichmäßige sonnige Heiterkeit und Ge=lassenheit gewöhnt, auch daran, daß sie stets das richtige Verständnis für die Rätsel seines fein=nervigen Gefühls suchte, wenn er Truggebilde für Wahrheit hielt und fest daran glaubte. Durch ihre stille Trauer, obwohl sie stets versuchte, ihm ein hei=teres Gesicht zu zeigen, fühlte er sich beleidigt und

zurückgesetzt. In seinen absonderlichen Launen war
er oft ganz unberechenbar, sodaß Elisabet sehr dar=
unter litt. Doch immer wieder wußte ihre Liebe
edle Züge seines Herzens aufzufinden; nie trat sie
richtend oder verdammend auf, nur ein schmerzliches
Verstummen war das Äußerste, wozu sie sich ent=
schloß. War seine Verstimmung vorüber, dann
hatte sie auch alles Herzeleid vergessen und kein be=
schämender Vorwurf wies auf die Pein hin, die er
ihr verursacht hatte. Ihr war jede selbstsüchtige Be=
rechnung des Verstandes verhaßt, sie gab sich, wie
sie war, ihr Herz mit allen Vorzügen und Mängeln
lag offen vor ihm da. Auch ihr Glaube an ihn war
durch nichts zu erschüttern, war über jeden Verdacht
und jedes Urteil anderer erhaben. Ihre Liebe er=
kaltete nie, indem sie den Reichtum ihres Innern
auch auf alle bedrückenden Erscheinungen ihrer Ehe
mit Löns übertrug, trat alles für sie in ein tröst=
liches Licht und selbst sein furchtbarer Jähzorn er=
schütterte sie nicht auf die Dauer, sie mußte, er
brauchte sie ja doch, sie war ihm unentbehrlich.
Dieser Gedanke gab ihr festen Halt. Trotz allem
aber hätte die kleine zarte Frau, die mit dem Dichter
durch so viele Sorgen und Nöte des täglichen Lebens
gehen mußte, dringender Schonung bedurft. Sie
aber saß, wie er es liebte, todmüde neben ihm im
Schaukelstuhl, immer bereit, ihm bei der Arbeit
einen lieben aufmunternden Blick zu schenken oder

einer vorgelesenen Stelle zu lauschen, wenn die eilige Feder des Dichters einmal stockte. Immer wieder bot sie den schwachen Leib, daß er eine werdende Menschenknospe hüte. Sie hatte fünf schwere Fehlgeburten, die sie jedesmal fast an den Rand des Grabes brachten und stets aufs neue an ihrem opferfreudigen Gemüt zehrten, weil sie wohl merkte, wie Löns verbittert und verstimmt umherging und unter der erneuten Enttäuschung unsäglich litt, trotzdem er sie mit rührendster Liebe umgab.

Das tiefe Seelenleid aber, das sie vor ihm verschloß, die vielen heimlichen Tränen über das Versagen lieber Hoffnungen, verzehrten sie doch innerlich und so erlitt sie endlich trotz tapferer Gegenwehr einen schweren Nervenzusammenbruch, sie, die ihren Hermann so heiß liebte und so gern — selbst mit Opferung des eigenen Lebens — seinen Wunsch nach einem Kind erfüllt hätte.

Neun Jahre waren sie verheiratet; in ihrem Buch: „Meine Erinnerungen an Hermann Löns“, schildert Elisabet das Erlebnis dieser Ehejahre besser, als ich es vermöchte.

Der zu Rate gezogene alte Hausarzt forderte dringend, daß Elisabet einmal für längere Zeit aus ihrer Umgebung herauskäme und ein Nervensanatorium aufsuche, damit sie die richtige Pflege finde.

Hermann war bei dieser Nachricht ganz verzweifelt und schrieb Elisabet die herzlichsten Briefe, die aber bald spärlicher wurden, bis sie ganz verebbten. Elisabet dachte nichts Schlimmes dabei, sie glaubte ihn sehr beschäftigt und freute sich, bald wieder nach Hause zu kommen.

Als sie gesund an Leib und Seele, sich auf ein Wiedersehn mit dem Gatten freuend, nach einem Vierteljahr zurückkehrte, befand sich Löns auf einem Jagdurlaub. Der alte Hausarzt erwartete die Ahnungslose in ihrer Wohnung — das Entsetzliche war geschehen, unter dem ihr, aber auch Hermanns Lebensglück zusammenbrechen sollte. Sie glaubte zu träumen, als der alte Freund ihr schonend die Verirrung ihres Mannes mitteilte und ihr eröffnete, daß dieser sich von ihr scheiden lassen wolle. Löns selbst bestätigte, als er von der Jagd heimkehrte, der kaum Genesenen mitleidslos des Doktors Botschaft und bat um ihre Einwilligung zur Scheidung.

In die Augen schauen konnte er der blassen Frau nicht, der er den Todesstreich versetzte und deren Herz doch nur an ihm hing.

. . . .

. . . .

„Damals war ich dem Wahnsinn nahe", schrieb sie mir, „alles in mir zerbrach, die strahlende Helle des Glücks machte einer tiefen Leere Platz und mein Tag war in Tränen gebadet. Endlich aber, bei klarer Überlegung sah ich doch ein, daß ein weiteres Zusammenleben, nachdem ich Glauben und Ver=

trauen verloren hatte, doch nicht möglich sei. Ich gab blutenden Herzens nach und erkannte, daß nur eine vollständige Trennung das Erstrebenswerteste sein würde, um wieder zum inneren Frieden zu gelangen. Und doch immer meinte ich, ich müsse Hermann mit Gewalt zurückhalten, weil ich eine Katastrophe ahnte. Die Zukunft lehrte, wie recht ich haben sollte."

  .   .   .   .

So entsagte Elisabet und trauerte um ihre Liebe, während sie verzeihenden Herzens das Glück, das er im Irrwahn erhoffte, mit heißen Tränen segnete.

Bald nach der Scheidung heiratete Löns Luise H . . . . , die in der Redaktion seiner Zeitung als Maschinenschreiberin tätig war. Aber erst nach fünf Jahren wurde ihm ein Kind geboren, das dem Dichter leider keine Vaterfreuden bereitete, denn es war geistig und körperlich krank und sollte nie dem stolzen Geistesflug seines Vaters folgen.

Hermanns zweite Ehe war grenzenlos unglücklich, und eines Tages, als er von der Jagd zurückkam, fand er sein Heim leer: Weib und Kind waren verschwunden. So war er der Einsamkeit und der Verzweiflung preisgegeben und sein trübes Geschick erfüllte sich, trotzdem Elisabet täglich sein Glück vom Himmel erflehte. Mit tiefem Schmerz erkannte sie,

daß ihr Opfer vergebens und ihr und sein Leben
vernichtet war. Auch ihm stand wohl Tag und
Nacht diese Gewißheit vor Augen; so suchte er wahllos Vergessen oder schloß sich wie ein Einsiedler von
der Welt ab. Wie sehr mag er da den treuen Kame-
raden vermißt haben; denn niemand war bei ihm,
der sein Leid mit ihm trug. Nicht wie einst, in den
Tagen der ersten Ehe, glättete ihm eine weiche
Frauenhand die Falten der müden Stirn und sprach
ihm gütig zu: „Komm, ruh dich aus nach des Tages
Last!"

Ob er da nicht manchmal des entschwundenen
stillen, häuslichen Glücks dachte, vor dem er in trüge-
rischem Wahn floh?

Elisabets Liebe aber folgte ihm auch auf dem
steinigen Weg über dornige Klippen, über die Ab-
gründe der schweren Enttäuschungen — ach — zuviel
des Leids für den einsamen, heimatlosen Mann, der
fern der Pfade des Glücks wandern mußte, die er
sich belebt von jubelnden Kinderstimmen, die ihn
Vater nannten, erträumt hatte . . .

Nun trat er auf die Schattenseite des Lebens, mit
ihren innersten, geheimsten, unheilbarsten Leiden,
sein Herz, das einst die reinste Liebe trug, entweiht
und verödet.

.   .   .   .
.   .   .   .

Als ich Elisabet später einmal fragte: „Wie konnten Sie das alles ertragen, ohne sich dagegen auf-

zulehnen?" meinte sie mit rührender Gelassenheit:
„Ich verlernte eben nie, Hermanns Seelenzustand
nachzuempfinden. Seine Leidenschaftlichkeit hatte
stets Großes, Schöpferisches im Gefolge, auch sein
Enthusiasmus und seine Begeisterung. Er war eben
kein Herdenmensch und wir drei Frauen maßen ihn
stets mit besonderem Maßstab. Damals, als das
Schreckliche über mich hereinbrach, dachte ich, als ich
mich einigermaßen auf mich selbst besonnen hatte:
‚Du darfst ihm in keiner Weise ein Hindernis sein,
da du ihn ja doch unwiderbringlich verloren hast.‘
Weh aber drängte sich mir die trostlose Gewißheit
auf, daß seine in einem unseligen Moment geboree
nen Regungen sich verderblich gestaltet hatten und
zu einer Schwäche bei ihm führten, die, zur unbee
zwinglichen Leidenschaft gesteigert, zum verheerenden
Schicksal seiner selbst werden mußte.

Oft grübelte ich auch darüber nach, ob es nicht
bereits eine typische Krankheitserscheinung im letzten
Jahre unserer Ehe war, die sich durch geistige Übere
arbeitung, genährt durch das erfolglose Sehnen nach
Nachkommenschaft, auch oft Mißbrauch des Alkohols,
in stets wechselnder Schwermut kund gab, die dann
wieder einer überschwänglichen Laune Platz machte,
in welcher er die ganze Welt hätte umarmen können
und mich besonders mit zärtlicher Liebe überschüte
tete? Ich weiß, daß er das ‚Blühen ohne Fruchte
tragen‘ verdammte, er der so ganz in der Natur

34

aufging und ihre ewigen Gesetze und Bestimmungen als Evangelium betrachtete. Unbedingt wollte er in einem Geschöpf seiner selbst weiterleben, sich an einer köstlich werdenden und sich weiter entwickelnden Menschenpflanze freuen, wie er sich fast kindlich an den Blumen freute. O, wie konnte ich ihn zerrissenen Herzens verstehen!

Manchmal kam er mir unberechenbar vor — ich wußte mir keinen andern Vergleich: ‚Wie ein Vulkan, in dem es brodelte und rumorte.‘ Wenn ich ihm in fernen, glücklichen Zeiten das scherzend sagte — ich war ja ein solch fröhliches Menschenkind — da blickte er mich mit seinen schönen, leuchtenden Augen lange an, preßte mich so fest an sich, daß ich schrie und sagte: ‚Wohin versteigt sich mein kleiner Phantasus wieder — aber du kannst recht haben.‘ Dann lachten wir beide unbändig. ‚Der Vulkan beginnt zu spucken!‘ und lustig, einen Gassenhauer pfeifend, ließ er nach diesen Worten die Feder übers Papier gleiten.

Ach, wenn ich die Erinnerung nicht hätte, und doch wie qualvoll ist sie oft trotz aller Süße!

Streit, Zank oder gar Unbehagen aber hatte mein Mann während der Scheidungsklage nicht zu erleiden. Damals wohnte ich in Bremen, wo er mich verschiedene Male besuchte und so lieb und gut zu mir war, daß ich nur mit vieler Mühe meine Fassung behaupten konnte, so lange er da war. Er selbst

litt auch erfichtlich — und trotzdem ich fein Kommen
erfehnte wie's Kind den heiligen Chrift, war ich
doch froh, wenn er wieder ging. Soll ich Ihnen von
den Qualen reden, die ich dabei erlitt?

Malve, meiner Schwefter, die früher ftets mit
dem Schwager auf beftem Fuße ftand, fiel es fchwer,
aus feinem Charakter klug zu werden; da fie aber
fah, wie ich mich tapfer mit meinem Leid abfand
und ihr kein Recht einräumte, ihn zu verdammen,
wurde ihr Gefühl gegen ihn auch wieder das von
früher, mir zu lieb."

$\cdot\quad\cdot\quad\cdot\quad\cdot\quad\cdot\quad\cdot\quad\cdot\quad\cdot\quad\cdot\quad\cdot\quad\cdot\quad\cdot\quad\cdot\quad\cdot$

$\cdot\quad\cdot\quad\cdot\quad\cdot\quad\cdot\quad\cdot\quad\cdot\quad\cdot\quad\cdot\quad\cdot\quad\cdot\quad\cdot\quad\cdot\quad\cdot$

Hermann Löns hatte Elifabet bei der Scheidung
eine Rente ausgefetzt, die er ihr aber nicht mehr
auszahlte, als ihn feine zweite Frau verließ. Er
war damals verfchollen und Elifabet zog, um zu
fparen, aufs Land. Sie nahm bei einer Künftlerin
Rezitationsunterricht, deffen Koften fie fich durch
Abfchriften, Zeichnungen und Befprechungen für
ein Architektenatelier verdiente. Die Kritik nannte
Elifabet die befte Vortragskünftlerin. Ihr Entfchluß
zu diefem Berufe war dadurch gereift, daß Löns ihr
oft gefagt hatte: „Du bift die geborene Rezitatorin!"
Wie viel Bitteres aber mußte fie auf ihren Vor-
tragsreifen erleiden! Hatte fie wirklich oft Vorzüg-
liches geleiftet und war fich deffen bewußt, fo fchwieg

36

die Kritik sie tot, um es mit Hermann nicht zu ver=
derben. So mußte sie sich freudlos um die Notdurft
des Lebens abquälen. Später, als sie hätte sorglos
leben können, war sie krank und zum Sterben müde,
nach all den schweren Erlebnissen. Dann kam der
Krieg.

Ihr Mann, er war es ihr in Gedanken ja noch
immer, mußte ins Feld. Sein Leid war ja immer
noch ihr Leid und aus seinen Büchern hatte sie
immer wieder verstehend und nachfühlend unter
Tränen gelesen, wie es in ihm gärte, und hatte in
ihrem treuen Frauenherzen den Sturm eines
Ruhelosen in ihrem Innern nachgefühlt.

Gleich zu Beginn des Krieges, am 26. Septem=
ber 1914, fiel Löns — die Heide hatte ihren Sänger
verloren. Wie der Blitz den Wipfel der Eiche, so
traf die Schreckensbotschaft Elisabet. Ein erneuter
Nervenzusammenbruch erschütterte ihr ganzes Sein;
hatte doch ihre Seele bereits so sehr unter dem Zu=
sammenbruch von Hermanns zweiter Ehe gelitten.
Zuerst verlor sie das Augenlicht, dann völlig die
Sprache; als beides zurückkehrte wurde sie durch
eine Gehörnervenlähmung vollständig taub. Elisa=
bet, die mit jeder Faser ihrer Seele mitten im gei=
stigen Leben stand, litt doppelt. Es bedurfte der
großen, fraulichen Hingabe ihres Mütterchens und
der Hingabe ihrer Schwester Malve, ihres getreuen

Eckarts, ihr über das Taubsein hinweg zum Leben
und ihrer Umgebung eine Brücke zu schlagen.

Hermann Löns hatte für Elisabet sein Leben ver=
sichert, aber nicht für den Kriegsfall; so zahlte die
Versicherung die Summe nicht aus; der Verleger
aber stellte sofort seine Zahlungen ein, denn der
Staat erklärte über den Nachlaß den Konkurs, weil
erst die gesetzlich berechtigten Erben festgestellt
werden mußten. Ein beträchtliches Barvermögen
stand auf der Bank.

So lag Elisabet auf dem Schmerzenslager —,
die erste, liebste und treuste Frau des Heidedichters,
mittel=, hilf= und bewegungslos. Gezwungen durch
bittere Not, strengte sie einen Prozeß auf Zahlung
der ihr zustehenden Rente an.

Die zweite Frau klagte auf den Nachlaß zu=
gunsten des Kindes. Elisabet mußte den Vergleich
annehmen, der ihr vorgeschlagen wurde, und erhielt
nur einen kleinen Bruchteil der riesigen Einnahmen
aus den Büchern des Verstorbenen. Alles Andere
fiel der zweiten Frau und dem armseligen Kinde zu.

Sobald Elisabet sich einigermaßen wieder regen
konnte, ordnete sie die Gedichte, die ihr einst ihr
Mann in der Brautzeit geschenkt hatte — sie waren
alle von seiner Hand an sie gerichtet — und schrieb
selbst ihre Erinnerungen an Hermann Löns, um die
viele Verleger sie baten.

Als die „Erinnerungen" mit den Gedichten erscheinen sollten, klagte die zweite Frau auf Unter-
lassung.

Das Gericht entschied: „Das Papier gehört
Elisabet, der Inhalt aber der zweiten Frau". Dieser
bot nun Elisabets Verleger 10 000 Mark, worauf
sie erlaubte, daß die Gedichte erscheinen dürften,
aber die „Erinnerungen" nicht, sonst müsse Elisabet
alle Liebes- und Ehegedichte sowie Skizzen von
Löns streichen, und das war ja das Wertvollste an
den ganzen „Erinnerungen".

Die Gedichte sind dann bei Gersbach in Hannover
unter dem Titel „Junglaub" erschienen, die Erinnerungen später in Lensins Verlag, Dortmund,
aber sehr gekürzt und verstümmelt.

Lesen war das Einzige, was Elisabet noch vom
Leben hatte, doch trieben ihr damals die Nachrichten, welche die Zeitungen von den Kriegsschau-
plätzen brachten, immer wieder die Tränen in die
Augen, die doch nimmer weinen sollten. So hatten
sie durch die Erblindung gelitten.

Mit Tinte konnte sie der Nerven halber nicht
mehr schreiben, und so vermittelte der Tintenstift
zwischen ihr und denen, die sie liebte. Ein liebes
Bewußtsein ist mir, daß auch ich zu diesen Aus-
erwählten zählte. Ihre getreue Gefährtin, Schwester
und Pflegerin Malve, liebte sie zärtlich und lebte
mit ihr in der Erinnerung an den Unvergeßlichen.

Hatte Malve doch das ganze Eheleben, seine Freuden
und Leiden geteilt bis zum schmerzlichen Ende.
Ohne Malve wäre Elisabet bei ihrem schweren
Nervenleiden, besonders bei ihrer Taubheit, ganz
hilflos gewesen.

Hermann Löns aber war und blieb Elisabet ein
Heiligenbild, und ungeachtet des herben Leides, das
er ihr zugefügt, nannte sie ihn stets den „edelsten
besten Menschen", der so schwer gelitten und so hart
gebüßt hatte für unselige Stunden des Sinnen=
rausches.

Nicht um alles wollte sie die Erinnerungen an
die „hohe Zeit ihres Lebens", an die glücklichen
Jahre gemeinsamer Lebensfreude, gemeinsamen
Durchringens und gemeinsamer Geistesarbeit mit
dem, an den sie sich auch durch die Jahre der Schei=
dung gebunden hielt, missen. Entschuldigend sagte
sie immer: „Was eben bei andern Sache des Ver=
standes ist, war bei meinem Mann aufwallendes
Gefühl und beschwingte Einbildungskraft. Vor
seinem Gewissen glaubte er sich frei, wenn er der
impulsiven Eingabe des Moments folgte. Er war
wie ein Kind, das sich eben noch an den schönen
Blumen freut, sie aber dann mit unbewußter Grau=
samkeit mit den unbarmherzigen Kinderhänden
zerpflückt und die armen welkenden Blütenblättchen
zum Spiel der Winde macht."

.   .   .   .   :
.   .   .   .   :

„Brach Löns nicht auch spielend Elisabets treues Herz, das er einst so unsagbar beseligte?"

.   .   .   .

.   .   .   .

Unwillkürlich fällt mir da ein Gedicht ein, das so ganz Elisabet Löns und ihrer Liebe zu Hermann Löns gilt.

(Eine arme, von gleichem Leid wie Elisabet betroffene Frau, die große Bühnenkünstlerin Niemann=Sebach, hat es in bitterem Herzeleid geschrieben:)

Ob Du auch sagst: „Ich lieb' Dich nie!"
Mein Herz in Stücke brachst,
Ich weiß, wie Du mich liebtest,
Und mir oft zu Füßen lagst,
Mit übersel'gem Angesicht,
Mit süßem Liebeston,
Mich Dein Welt genannt, Dein Licht,
O leugn' es nicht zum Hohn!
Ist's auch vorbei, so war es doch
Mein Glück, so schön und rein;
Und liebst Du tausendmal auch noch,
So liebst Du nicht mehr — nein!
Nicht mit den Sinnen nur allein
Gehörtest Du mir an;
Nein — nur Dein allerbestes Sein
Das trat an mich heran.

Du fühlteſt, daß zu eigen war
Dir treu ein reines Weib,
Nicht eine jener Dirnenſchar,
Der feil iſt Seel und Leib.
Allein gingſt Du den Todesweg,
Ich folge bald Dir nach . . .
Ich weiß — Dein Herz vergaß es nie,
Daß es das meine brach.

·   ·   ·   ·   ·   ·   ·   ·   ·   ·   ·   ·   ·   ·   ·   ·   ·

·   ·   ·   ·   ·   ·   ·   ·   ·   ·   ·   ·   ·   ·   ·   ·   ·

Als Eliſabet geſchieden wurde, lebte ihr geliebtes
Mütterchen noch; ihr und Malve verdankt ſie es,
daß Hermanns Heldentod ſie nicht ins Irrenhaus
brachte.   Wie hatte dieſer das feinſinnige, alte
Mütterchen mit den großen leuchtenden — im hohen
Alter noch ſo klaren Augen verehrt, und ſie ſelbſt
hatte ihm warme, herzliche Liebe entgegengebracht.
Sprach man nach der Scheidung in ihrer Gegen=
wart tadelnd oder abfällig über Löns, ſo ſagte ſie
mit ernſter Miene: „Wer ſich ſelbſt im Leben ohne
alle Schuld fühlt, werfe den erſten Stein auf ihn!“
Die Mutter, die lange gelähmt war, ſtarb. Es
war ein neuer tiefer Schmerz für Eliſabet, deren
Seele den vielen grauſam ſich aufeinanderfolgenden
Schickſalsſchlägen nicht mehr gewachſen war.
Ein Unglück folgte dem andern. Ihr Hauswirt,
der beim Kauf des Hauſes falſch kalkuliert hatte,

wollte umbauen, um höhere Mieten zu erzielen; er
verlangte dringend Räumung der Wohnung. Es
war keine andere zu finden. In ihrem Schmerz und
ihrer Verzweiflung rief Elisabet Tag und Nacht
Gott um Hilfe an. Die neue Wohnung, die sie endlich fand, erwies sich, nachdem die Schwestern ein-
gezogen, als feucht. In der schweren Zeit, unter
der das ganze deutsche Volk litt, stellte sich auch bei
ihnen bittere Not ein, und ein Stück des reichen
Haushalts nach dem andern wanderte fort, wurde
verkauft, um das Leben fristen zu können: Elisabets
herrlicher Flügel, altes Porzellan, Zinngeschirr, noch
aus großelterlichem Besitz, und dabei fehlte es doch
meist am Notwendigsten.

Elisabets Zustand verschlimmerte sich. Täglich
kam der alte Hausarzt, um in seiner lieben, selbst-
losen Weise nach ihr zu sehen.

Einmal lagen beide Schwestern krank und hatten
nur eine kleine Ausgeherin zur zeitweiligen Hilfe,
die ihnen obendrein einen großen Teil ihrer Löns-
bücher stahl.

Bitterste Not bedrängte sie; dazu kam noch die
Qual des Prozesses mit der zweiten Frau, der sich in
die Länge zog, bis es endlich zum Vergleich kam.

Von all diesem Schweren, das sie fast zermalmte,
berichtet die feinfühlige Frau in ihren „Erinnerungen
an Hermann Löns“ nichts, sie schweigt es tot. Nur
ihre sonnigen Jugenderinnerungen, ihr reiches Zu-

sammenleben mit Löns, und Liebesgedichte haben sie
darin festgehalten. Eine Fortsetzung der Erinne=
rungen zu schreiben, wie sie ernstlich erwog, ver=
wehrte ihr der unerbittliche Tod.

„Wie alt bin ich doch geworden", schrieb sie mir
einmal, „und doch sagte Hermann oft zu mir, daß
ein Menschenkind, das so begeisterungsfähig sei und
so jubeln könne wie ich, nie alt werden könne.

Wer soll aber nicht alt werden, wenn die Bürde
des Lebens lastet, daß man unter ihrem Gewicht
schier erliegt? Nur der Gedanke an das Land der
Freiheit erhebt. Wenn ich mich einsam fühle, dann
flüchte ich mich dahin, wo mir liebe Erinnerungen
aufblühen und meiner ersten Ehejahre ungetrübtes
reiches Leben mich umfängt. Ach die Tränen, die
ich Hermann nachweine, sind ein armseliges Toten=
opfer! Alles, was sein innerstes Wesen tief be=
wegte und was er Großes in sich trug, hat sein
unsterblicher Geist mit sich genommen und er
schlummert wie ein kampfesmüder Streiter. Nach
bitterem Kampf ging er ein zur Ruhe."

An ihrem vorletzten Geburtstag hatte Hermanns
Bruder Konrad, der bei ihr wohnte, ihr ganzes
Zimmer und Hermanns Bild mit blühendem Ahorn,
Bickbeeren, Goldmilz, Anemonen und Leberblüm=
chen, die er in der Frühe aus dem Walde geholt
hatte, geschmückt. Der Frühling soll bei ihr im
Zimmer sein. Dazu hatte er folgendes Gedicht
verfaßt:

44

„Meiner Schwägerin Lisbet Löns
zum 28. Lenzing 1921.

Es glänzt ein letzter Sonnenstrahl
Durch Deine Stube hin;
Er löscht auf Deinem Angesicht
Mit weicher Hand
Der Jahre Qual
Und legt um den befreiten Sinn
Bewußtsein treu erfüllter Pflicht,
Geht leuchtend dann zur Wand.
Schlingt um die Dichterstirn den Schein
Der Unvergänglichkeit;
Aus Hermanns Augen spricht es klar:
Dir hörte ich,
Dir ganz allein;
Du warst mir Trost in trüber Zeit,
Und meine Sehnsucht um Dich war,
Suchte allein nur Dich!

.   .   .   .

.   .   .   .

Was ich empfand,
Macht mir den Sinn zum Sterben schwer;
Umdunkeln konnt sie nicht den Schein,
Der webte um Dein Bild.

Als mich des Feindes Kugel traf,
Galt letztes Sehnen Dir!
Du ganz allein, geliebtes Weib,
Verstandest mich.

Gönn nun den Schlaf,
Den lang ersehnten Frieden, mir.

Es ruht in Feindesland mein Leib,
Mein Geist ist stets um Dich!

Konrad Löns."

45

Am gleichen Tag schrieben ihr deutsche Gefangene
aus Reims, daß sie Hermanns Grab gefunden, die
Gebeine gesammelt hätten und um ein Andenken
bäten.

Elisabet zweifelte an der Wahrheit, besonders,
weil ihr von amtlicher Seite mitgeteilt wurde, daß
das Grab verloren und trotz eifriger Nachforschung,
um die sie gebeten hatte, nicht zu ermitteln sei. Sie
wollte die ihr so teuren Überreste in die Heimat über=
führen lassen.

Damals las ich:

Dahinten in der Heide

von

Hermann Löns

und besonders die rührende Geschichte des Indianer=
mädchens fesselte mich derart, daß ich unter ihrem
Eindruck folgendes Gedichtchen schrieb und Elisabet
zuschickte:

Zu Hermann Löns' Buch:

„Dahinten in der Heide"

Wie sind doch die Blumen so rührend schön,
Die im flimmernden Sonnengold draußen stehn,
Im Wald, auf der Heide.
Wie weitet das Herz sich in jauchzender Lust,
Klopft glückverheißend in sehnender Brust,
In Wald und in Heide.

Ich träume Dir nach, der das Büchlein schrieb,
Und hab Dich in all den Gedanken so lieb,
Vom Wald, von der Heide.
Du schläfst nun, wo donnernder Geschützhall klang,
Zersprungen die Leier, verhallt Dein Sang,
Vom Wald, von der Heide.
Weidwund ward getroffen Dein Dichterherz,
Wie sehnte wohl — zuckend im Todesschmerz —
Nach Wald sich's und Heide.
O möge der Frieden, denn Du bist es wert,
Dein irdisches Teil bergen in deutscher Erd',
Im Wald — auf der Heide,
Wo jedes Blatt, jede Blüte bebt:
H e r m a n n L ö n s i s t n i c h t t o t , s e i n e
                                        [S e e l e l e b t
I m G r a b a u f d e r H e i d e .

.   .   .   .

.   .   .   .

Das Gedicht schickte ich auch Dr. Kurt Floericke,
dem Herausgeber der Vogelwarte; ich schilderte ihm
Elisabets Lage und fragte an, ob nicht etwas ge=
schehen könnte, da doch Sammlungen für eine Löns=
ehrung veranstaltet worden seien. Ob man da nicht
an die Gründung eines Lönsmuseums in der Heide,
mit Elisabet und Malve als Hüterin denken könnte.
Dr. Floericke antwortete mir in liebenswürdigster
Weise, daß dieser Gedanke bereits erwogen worden

sei, daß aber die Stimmen geteilt wären und jeden=
falls die Richtung, die für die Errichtung eines Löns=
gedenksteins in der Heide stimme, durchdringen
werde.

Dr. Ludwig Staby, an den ich im gleichen Sinne
schrieb, gab mir dieselbe Antwort wie Floericke und
teilte mir mit, daß die Errichtung des Lönsgedenk=
steins in Müden in der Heide beschlossen sei, daß aber
vielleicht, wenn größere Geldmittel vorhanden
wären, auch an die Gründung eines Lönsmuseums
gedacht würde und der Plan mit Elisabet und Malve
ihm und andern sehr sympathisch wäre.

Wie lebte Elisabet in dem goldnen Gedanken, den
ich ihr leider verfrüht, in meiner ersten Freude, mit=
teilte.

Begeistert schrieb sie mir:

„In Gedanken richte ich schon meines lieben,
seligen Mannes Studierzimmer ein, in dem bei
mir, in unserer Ehe, seine Erstlingswerke entstan=
den. Der mächtige Schreibtisch an dem er arbei=
tete, sein Lehnstuhl und so vieles — ich erzähle
Ihnen noch ein andermal mehr davon. Heute bin
ich zu glücklich über Ihre frohe Nachricht.“

Das Zerschlagen der lieben Hoffnung tat mir selbst
am wehsten und ich fühlte schmerzlich ihre Enttäu=
schung aus den Worten ihres Briefes:

„Wie wahr ist doch:
Nichts hoffen und nichts wünschen mehr hiernieden,
Macht still das Herz und gibt der Seele Frieden!“

„Wenn man älter wird“, schrieb sie weiter, „dann
ist der Seelenfrieden, zu dem man sich aus harter
Lebensqual durchgerungen hat, doch das Schönste
und Beruhigendste.“

.   .   .   .

.   .   .   .

Inzwischen hatte sich auch ihr Geschick gebessert und
sie war vor Not geschützt, da sie einen kleinen Teil
von den Einnahmen aus den Werken ihres Mannes
bekam.

Dankbaren Herzens schrieb sie mir so oft von der
Freundschaft, die sie mit Frau Laura Sponholz verband, die ihr und Malve manche Liebe erwies.

.   .   .   .

.   .   .   .

Das Projekt des Gedenksteins aber wurde in Mü-
den in Angriff genommen; es sollte zu einer großen
Ehrung Elisabets, der ersten, liebsten und treuesten
Frau Hermanns Veranlassung geben.

Der geniale Bildhauer Erich Fricke schuf die Plakette dazu. Die erhebende Einweihungsfeier erlebte
Elisabet noch, und sie war ihr ein wärmender

Sonnenstrahl auf dem Todesweg, den sie so bald
gehen sollte.

. . . . :
. . . . :

Ihr Schwager Konrad Löns schied damals aus
ihrem Haushalt und ging nach Afrika. Er hatte in
Deutschland unter den schlechten Brennstoffverhält=
nissen gelitten und die sonnige Wärme der Tropen,
an die er gewöhnt war, sehr vermißt. Er hatte
große Fabrikbauten übernommen, deren Leitung
ihm später übertragen werden sollte. Die beiden
Schwestern vermißten die geistige Anregung sehr,
wie Elisabet mir schrieb:

„Seit Konrads Abreise sind wir so einsam.
Ich wünschte, ich fände ein ganz kleines Häuschen
in der Heide, das ich dann später als Museum
hinterlassen könnte, etwa so wie Reuters Villa in
Eisenach, natürlich viel, viel einfacher; die weitere
Ausgestaltung bliebe ja den Lönsforschern über=
lassen, und die würden wohl Manches auf Er=
innerungspfaden an Hermann zusammen finden,
das sich meinem schlichten Anfang anreihen würde.
Ich selbst habe so viele Bilder, die kostbaren
Luxusbände seiner ersten Werke und dann so viele,
viele liebe Andenken an meinen Hermann.“
Aus einer lieben Vergangenheit tauchte da eine
reiche Gegenwart auf, ohne eine Träne der Erbitte=
rung; denn nur Lebende verfolgt der Groll, den
Toten ehrt heilige Scheu.

über Swantje und ihr Buch sprach Elisabet sich
garnicht aus; nur wurde mir von anderer Seite gesagt, daß Konrads blaue Augen schwarz funkelten,
wenn das Buch in seiner Gegenwart erwähnt wurde.
Er nannte die Episode, wenn sie wahr wäre, eine
geistige Verirrung seines Bruders, denn er kannte
sein Verhältnis zu den Frauen besser.

.   .   .   .

.   .   .   .

An Elisabets letztem Geburtstag schrieb er ihr:

„Mein Buch ‚Auferstehung‘ kommt vor ‚Zweier-
lei Blut‘ heraus. Es enthält für Dich folgende
Widmung:

Im Gedenken an meinen Bruder Hermann, seiner
Witwe Elisabet Löns, geb. Erbeck, der treuverstän-
digen Weg- und Leidgenossin ehrerbietigst gewidmet.

Konrad Löns.

Es sollte zu Deinem Geburtstag fertig werden,
aber es geht nicht.“

(Das Original dieser Widmung ging aus dem
Nachlaß von Elisabet in Malves Hände über. Das
Buchmanuskript blieb durch Konrads Abreise nach
Afrika liegen und wurde nicht veröffentlicht.)

.   .   .   .

.   .   .   .

Ahnungsvoll schrieb mir Elisabet im Sommer 1921:

„Meine Erinnerungen an Hermann Löns sind nun endlich herausgekommen. Es sollte zwar eine Weihnachtsfreude für Sie werden, aber ich schicke es Ihnen schon jetzt, denn wer weiß, ob ich Weihnachten noch erlebe."

.   .   .   .

.   .   .   .

Die arme, liebe Dulderin sollte die Lichter nur noch ein einziges Mal am Christbaum flimmern sehen, denn ein Jahr später hatte sie bereits ausgelitten, als die Weihnachtsglocken klangen.

.   .   .   .

.   .   .   .

Weiter schreibt sie:

„Von der zweiten Auflage sind bereits 2000 verkauft, der Verleger sagt, so sei schon lange kein Buch gegangen.

Ich freue mich, wenn es in recht viele Hände kommt — der Erinnerung an Hermann wegen.

Leider mußte sehr viel daran gestrichen werden, die schönsten Verse, Briefe, Gedichte und Artikel sind nicht darin, damit die zweite Frau keinen Grund zur Klage hat. Wie das weh tut, der Wahr-

heit einen Riegel vorgeschoben zu sehen. Sie fühlen
mit mir, das weiß ich.

Die Nachwehen meiner Krankheit wollen gar=
nicht schwinden.

Ich wurde aufgefordert, am 25. September zur
Denkmalsweihe nach Müden in die Heide zu kom=
men. Wie mich diese Aufforderung bewegte, kann
ich Ihnen garnicht schildern. Eigentlich wollte ich
mit meiner Schwester schon früher nach dort und
bis Anfang Oktober bleiben. Malve und ich haben
beide Erholung sehr nötig.

Mein Buch hat mir über hundert Briefe ins Haus
gebracht, auch Aufforderungen, Lönsvorträge zu
halten. Letzteres geht aber nicht, denn durch die
Erregung, die ich dabei erleiden würde, müßte ich
zusammenbrechen.

So gerne ich es auch möchte und so sehr es mich
dazu drängt, kann ich doch die eingelaufenen Briefe
nicht alle beantworten, hatte aber eine unbeschreib=
liche Freude an allen.

Unter andern gingen mir auch folgende liebe,
rührende Worte unter Begleitung eines Blumen=
straußes zu:

,Mit Andacht haben wir Dein liebes Buch
                              [gelesen —
Und Deine warme Liebe mitgefühlt.

Nimm bitte diefen Strauß und schmück
                    [damit sein Bild —
Erinn're Dich dabei der schönen Zeiten,
Die Du mit ihm verlebt —.
Denn Dir — Dir ganz allein hat er gehört
In seinen besten Jahren —
Nachher war er ein unglückfel'ger Mann —,
Ohn' Glück, ohn' Ruh, ohn' Liebe;
Verraten und verlaffen,
Und konnt den Weg zurück doch nimmer finden.
Sein Heldentod hat vieles gut gemacht!

In Verehrung unfere ergebenften Grüße

Niels und Chrifta Nanfen=Dühmen.'

.   .   .   .

Wirklich wundervolle Kritiken großer Zeitungen
schickte mir der Verleger, die mich so sehr beglücken.
Ach, ich bin ja wirklich nur ein flackerndes Flämm=
chen, das jeden Augenblick erlöschen kann.

Ja, das Leben ist hart und lieblos und reißt grau=
sam auseinander. Hätte ich damals, als das Schreck=
liche über mich hereinbrach, mein geliebtes Mütter=
chen nicht mehr gehabt, für das ich sorgen mußte,
ich hätte es kaum überstanden. So aber hielt mich
die Pflicht aufrecht.

Unter allen Schreiben gehen mir auch viele Ge=
dichte zu und oft muß ich lächeln, wie einige mich
anschwärmen. Ach, die Schreiber kennen mich ja

54

nicht und halten mich jedenfalls für ein lebens=
mutiges Menschenkind.

Neulich waren Schwester Malve und ich bei zwei
prächtigen alten Damen eingeladen, die an Herren
vermietet haben. Da sagte die eine: ‚Einer meiner
Herren schwärmt sehr für Löns, er möchte sie so
gerne sprechen.‘ Ich hatte nichts dagegen. Er kam
— küßte mir die Hand und starrte mich an — bald
hätte ich geschrieben ‚entsetzt‘ —, aber dafür war er
zu wohlerzogen, so daß ich lächelnd sagte: ‚Für so
alt hatten Sie mich wohl nicht gehalten?‘ Da wurde
er glühend rot und stotterte: ‚Nein — das heißt —
doch ja — o bitte!‘ Bald darauf empfahl er sich.

Sie sind im Rosenmonat geboren, darum sind Sie
auch solch fröhliches Menschenkind, und ein Gott gab
Ihnen des Liedes Born, zu sagen, wenn Sie leiden.
Unser Mütterchen war am ersten Juli geboren, und
nie durfte an diesem Tag ein Moosrosenstrauß feh=
len. Es machte oft große Mühe, ihn zu beschaffen.
Meine Sehnsucht nach meinem toten Mütterchen ist
immer gleich. In meinem Schatzkästlein liegt
obenauf:

An meine Mutter!

Muß immer an Dich denken,
Mein totes Mütterlein,
Bin alt und grau geworden,
Doch immer denk ich Dein.
usw.

Noch immer sammle ich Gedichte, früher nur
solche von Hermann, ehe er mein Mann war, d. h.
ich sammelte sie auch dann noch und s p ä t e r ,
welche von ihm in trüber Zeit.

Ich bin kein wirklich angenehmer Mensch, ver=
bittert, von Nervenschmerzen durchwühlt und ge=
quält. Ich muß schon jemand sehr lieb haben und
mich wohl fühlen, wenn ich auftauen soll. Dann ist
es auch nicht jedermanns Sache, mir viel aufzu=
schreiben, da ich doch nichts höre, ist die Außenwelt
ganz für meinen immer noch so regen Geist, der an
allem Anteil nehmen möchte, verschlossen. Danken
Sie Gott, daß Ihr Sohn so unermüdlich ist und
für Sie und sein Schwesterlein so aufopfernd sorgt.
Ich kann mir nichts Schrecklicheres vorstellen, als
einen faulen Mann. Hermann arbeitete auch immer,
sobald er wach war, Ruhe gönnte er sich nur, wenn
er schlief. Er sagte einmal zu mir: ‚Talent, auch
Genie ohne Arbeit, ohne v i e l Fleiß wird nie hoch
kommen.‘ Wie habe ich ihn seines unermüdlichen
Fleißes halber bewundert, gehegt und gepflegt und
versucht, ihm alles Nebensächliche aus dem Weg zu
räumen. Neben der tödlichen Redaktionsarbeit
schrieb er die witzsprühendsten Sonntagsplaudereien,
als ‚Fritz von der Leine‘, Gedichte und Romane,
und nur sehr selten kam er nachts vor ein Uhr —
manchmal erst um drei Uhr — ins Schlafzimmer,
ohne mir ein wunderschönes Gedicht aufs Bett zu
werfen, wenn ich nicht bei ihm aufbleiben konnte.

56

Ach, heute bin ich allen Menschen nur unnützer Ballast!

Heute Nachmittag gehen wir zu einer Dame, mit der wir seit zwanzig Jahren verkehren. Zu Hermanns Zeiten hatten wir abwechselnd wöchentlich einen Musikabend. Er strahlte, wenn es hieß: Bei Löns ist es doch immer am gemütlichsten. Die Dame ist die einzige, die mir oft aufschreibt, wovon die Rede ist.

Ich beneide Sie um ihren Balkon, das ist auch meine Sehnsucht. Hätte ich einen oder einen Garten, ich ginge garnicht mehr unter Menschen, die mich nicht verstehen — oder verstehe ich die Menschen nicht mehr? Bin ich zu egoistisch geworden durch all mein herbes Lebensleid?

Wie ich Ihnen bereits schrieb, muß ich nach Müden, zur Einweihung des Denkmals. Und ich bin doch so müde von allem! Das Weiterleben mit meiner Sehnsucht im Herzen dünkt mich schwer — dazu mein körperliches Leiden — alles tausendfach schwerer als das Verschwinden aus dem Leben.

Warum gibt es doch soviel bitteres Weh? Ich müßte ja längst überwunden haben, aber täglich und nächtlich nagt der alte Schmerz um Hermann, und wie ich ihn verlor, an mir. — Erst der Tod schenkte ihn mir wieder. Ich sage es ja zu niemand, nur Sie sollen es einmal wissen: Ruhe gibt auch mir nur der Tod.

Auch wir wohnen dicht an unserm herrlichen Wald; ich kann leider nicht mehr in seinem kühlen Schatten wandeln, auch würde bei jedem Schritt Erinnerung wach und die Tränen würgten mir im Hals. Wie oft weilte ich da: Arm in Arm, weiß gekleidet — das liebte er so — mit meinem Mann, sonnige Pläne schmiedend, Luftschlösser bauend. Wie übermütig konnte er da sein wie ein kleiner Junge. Die drolligsten Schüttelreime machte er, daß ich oft vor Lachen über die Wurzeln stolperte. Jauchzend hob er mich hoch und schwenkte mich im Kreise herum. ‚Wie eine Flaumfeder‘, sagte er und küßte mich heiß auf den Mund.

Gestern waren wir alle im Tiergarten, worin 400 Schaufler und Rehe frei laufen, um Konrads Abschied zu feiern. Mir wurde sonderbar zumute; hier waren Hermann und ich fast täglich mit unsern Fahrrädern. Die schönsten Erinnerungen stiegen auf, und ich dankte meinem Gott, als wir wieder fortgingen.

So geht es mir überall: überall Erinnerungen an glückliche Tage; o, wie liegt so weit, was mein einst war! Habe ich da nicht recht, wenn ich mein Leid lieber in meinen vier Wänden berge? Und doch haben da die Erinnerungen erst recht Muße zu kommen, ich kann ihnen nirgends entrinnen, erst mein Tod sargt sie mit mir ein.

Ihre Gedichte schlagen stets verwandte Saiten in mir an und klingen schmerzlich in mir nach, daß immer gleich die Tränen fließen; mache ich doch ohnedies jetzt eine Tränenperiode durch.

In Hamburg ist der frühere Leibfuchs meines Mannes Schriftleiter eines großen Verlags; natürlich hat er das größte Interesse für Hermanns Leben, hat selbst schon über zwanzig Lönsvorträge gehalten, erst neulich einen in Greifswald beim Cimbernstiftungsfest. Er bat mich um ein Bild für das LönsZimmer dort und wünschte, mein Manuskript zu lesen. Auch erzählte er mir, Hermannn sei anläßlich eines Vortrags bei ihm gewesen 1914, habe ihm manches mitgeteilt über andere, die in sein Leben zerstörend eintraten, aber kein einziges häßliches Wort über mich gesagt. Das macht mich so froh!

Ich leide an Schlaflosigkeit. Wenn ich stundenlang wach liege in dunkler Nacht, Nervenschmerzen habe und das Herz so bang schlägt, dann kommen allerhand bittere Gedanken. Aber auch Hermanns gedenke ich, wie gottbegnadet er war. Wie hat er gearbeitet, wie haben wir gemeinsam gestrebt, wie habe ich mich geistig an ihm emporgerankt! ‚Warum mußte alles so kommen?‘ gellt dann eine Stimme durch die Nacht ... ‚Ist's seine, ist's meine?‘

Ach, der Tod ist ein lieber Mittler, und der Stein, der sich auf einem Grabe erhebt, ein Grenzstein des Hasses und ein Denkmal des Friedens, das heilige Sehnsucht weckt.

Heute will ich Ihnen von unserer Reise nach Müden erzählen. Der Tintenstift setzt sich ordentlich feierlich aufs Papier auf.

Ob Ihr lieber Glückwunsch, den ich gerade vor der Abreise erhielt, dazu geholfen hatte? Es war einfach über die Maßen schön, über alle Beschreibung. Dieser Tag hat mich mit viel bitterem Lebensleid versöhnt.

Geehrt und gefeiert wurde ich als — Hermanns Frau — wie eine Fürstin.

Am Freitag früh fuhren wir ab, eine entsetzliche Fahrt. Zweimal ab Celle in schmierige Kleinbahnen umsteigend, kamen Malve und ich in stockdunkler Nacht in Müden an. Zum Glück hatte ich im Gasthof Zimmer und Essen bestellt.

In Müden war alles überfüllt, kein Bett, geschweige denn ein Zimmer mehr zu haben. Massenquartiere bei Bauern, alle besetzt. Der Wirt sagte, es hätte sich schon herum gesprochen, daß ich in der Post wohne, es seien auch Besucher da gewesen. Todmüde, wie ich war, ging ich sofort zu Bett.

Beim Mittagstisch ging das Vorstellen los. Als wir wieder zum Kaffee hinunter kamen, hatten Herren für uns einen Tisch reserviert und für feinen Kuchen gesorgt. Kunstmaler von Aster schenkte mir eine wundervolle Federzeichnung, die er am Morgen vom Denkmal gemacht hatte. Immerzu kamen

Das Lönsdenkmal in Müden (Lüneburger Heide)

Besucher. Eine Künstlerin brachte mir eine herrliche Radierung, zur Erinnerung an Müden.

Immer neue Menschenmengen brachte der Zug und uns neue Besucher.

Am Sonntag Morgen wachte ich nach beinahe schlafloser Nacht müde auf, aber bald ging der Trubel vor dem Hause los.

Allerlei Abgeordnete von Vereinen, die Leiter des Hermann Löns = Bundes aus Bayern in ihrer Nationaltracht stellten sich vor. Dann kamen die vier Schwäger, Brüder von Hermann, mit Frauen und Bräuten.

Der Vorsitzende des Komitees, Dr. Ludwig Staby, bat im Namen des Ausschusses um meine ‚Erinnerungen‘ mit Widmung für die Herren. Zum Glück hatte ich einen Stoß Bücher mit und schrieb im Kaffeezimmer, so schnell ich konnte. Meine Schwester tat mir so leid, denn die mußte an allen Ecken sein. Ich saß um 12 Uhr schon angezogen vor dem Hause.

Dr. Staby holte uns im Auto ab, unten am Berg mußten alle aussteigen, und ich fuhr ganz allein durch die lautlos grüßende Menge den Berg hinauf. Mir war so feierlich zumute, als warte Hermann auf mich und ich führe zur Trauung. Ich kann Ihnen das Gefühl garnicht wiedergeben. War es nicht so, wartete er nicht sehnsüchtig auf mich, wie einst in seliger Zeit?

62

Major Herbert bot mir beim Aussteigen den Arm, und ein anderes Mitglied des Ausschusses blieb an meiner rechten Seite. So geleiteten sie mich durch die Menschenmenge zum Denkmal, vor dem ein Sitz für mich errichtet war. Nun begann die Vorstellung. Senior Hübbe, Hauptschriftleiter der Hamburger Nachrichten, früher, wie ich Ihnen schon einmal schrieb, Hermanns Leibfuchs, sah — auf den weißen Haaren das Cerevis in rosa=silber=grün und drei Bändern auf der Brust — prachtvoll aus. Er stellte mir die Chargierten der Cimbern vor, in vollem Wichs, mit gezogenen Rappieren und wehenden Fahnen, indem er sagte:

‚Unseres Hermanns erste, liebste und treueste Frau!‘

Dann kamen Studentenabordnungen, von vielen deutschen Hochschulen in Couleur mit Riesenkränzen, darauf Vereine, es wollte garkein Ende nehmen; dazu der klarblaue Himmel voll goldenen Sonnen=scheins, der eigenartige Wald= und Erdgeruch, den Hermann so liebte; kurzum alles versetzte mich in eine traumhafte Stimmung.

Endlich betrat Dr. Staby die Kanzel und widmete Hermann herrliche Worte. Beim dreimaligen ‚Schluß=Horrido‘ flogen alle Hüte in die Luft, und langsam und feierlich senkte sich leise rauschend die Hülle.

Heiße Tränen fluteten mir unaufhaltsam aus den Augen. Was in meiner Seele vorging, kann ich nicht mit Worten sagen.

Landrat Heinichen sprach nun in markigen Worten:

‚Dem ganzen deutschen Volk gehört dieses Denkmal; wer es angreift, greift das deutsche Volk an; wer es schmäht, schmäht auch das deutsche Volk.‘

Darauf dankte Schwager Albert für die Lönssche Familie, und ein Herr forderte auf, ein stilles Gebet für Hermann Löns zu sprechen.

Eingeleitet wurde die Feier durch den Männergesang: ‚Was ist des Deutschen Vaterland?‘

Zwischen den Reden sang der Männerchor wieder gemischte Quartette, Hermanns Lieder aus dem kleinen Rosengarten.

Zum Schluß wurden zahllose Kränze vor dem Denkmal niedergelegt. Die Schleifen von den Kränzen wurden am Abend entfernt und vorläufig dem Celler Museum übergeben.

Nun war die ergreifende Feier, die mich so unsagbar erschüttert hatte, vorüber. Dr. Staby führte mich zum Auto, und wir fuhren zurück. Die Festgäste blieben in Wessels Gasthof zum Festessen; mir war das Gewühl zuviel.

Als Malve und ich nach dem Essen hinkamen,
hatten die Studenten vor dem Hause eine lange
Kneiptafel. Sobald sie uns sahen, sprangen sie wie
ein Mann auf und standen mit gezogenen Mützen,
bis wir im Hause waren. Dieselbe Ovation erwiesen
sie uns, als wir fortgingen. Im Hause aber selbst
schüttelte man uns von allen Seiten die Hände.

Mir war's wie dem Studenten im Faust, als
ginge mir ein Mühlrad im Kopfe herum.

Leider traf ich Hübbe nicht mehr an, er war im
Auto von Hamburg gekommen und mußte wieder
abfahren.

Nun noch etwas, was Ihnen sicher Freude macht:
Dr. Staby meinte, daß das Museum doch noch
kommt, er ist jetzt sehr dafür; natürlich in der Heide,
aber wo? Die Frage bleibt zuerst noch offen. Mir
wäre es am liebsten in Müden, es ist dort unsagbar
schön; ich habe solch schöne, ausgesprochen nieder=
sächsische Landschaft noch nicht gesehen. Ich wäre
aber auch mit jeder anderen Heidegegend zufrieden;
nur hier wäre ich ‚seinem‘ Denkmal nahe. Das
ist für mich nach der Weihe wie sein Grab. Jetzt
ist er wieder mein und keiner kann ihn mir rauben.
Alles Herzeleid hab' ich hier vergessen, bin fröhlich
‚in ihm‘ wie ein Kind.

Ich hatte mir ja fest vorgenommen, nicht zu
weinen, aber wie die Studenten an beiden Seiten
des Denkmals die Fahnen und die Schläger senkten

und die Hülle langsam niederfiel, da konnte ich mich
nicht mehr halten, die Tränen flossen ganz von selbst.

Wie innig dankbar bin ich unserm Herrgott, daß
er mich diese Ehrung meines Mannes erleben ließ.

In Müden stellte sich auch ein junger Künstler
vor, der uns bat, seine Skizze zeigen zu dürfen, die
er von dem Denkmal gemacht hat. Im Vordergrund
das Denkmal, hinten Kiefern und Birken. Das Bild
selbst wollte er in Hamburg vollenden und fragte,
ob er es mir senden dürfe.

Gestern bekam ich auch noch von Hermann Fricke
die schöne Plakette, die das Denkmal ziert. Hoffent=
lich sehen Sie bald alles im Lönsmuseum. Dafür
lege ich jetzt alles hin.

Leider bin ich nicht am Denkmal photographiert,
das Auto brachte uns zu rasch fort, doch die übrige
Familie Löns soll mit den Studenten auf einem Bild
sein, aber ich sah es noch nicht.

Die drei Tage in Müden, in der herrlichen Luft,
hatten mir trotz der vielen seelischen Erregungen so
gut getan, nun ist die Schwäche wieder da.

. . . .

Wie freute ich mich über Ihre Besprechung meines
Buches! ‚Hermanns Gestalt tritt Ihnen lebendig
daraus hervor', sagen Sie.

Leider traf uns eine traurige Kunde aus Angola=
Afrika, nämlich, daß Hermanns Bruder, Konrad
Löns, dort plötzlich einer schweren Lungenentzündung

erlegen ist. Den Krieg mit all seinen Entbehrungen
hat er in Rußland überstanden, ging mit so frohen
Hoffnungen nach Afrika und mußte schon am
23. März Hermann in den Tod folgen. Wann ich?

Aller Lebensmut ist mir wieder geschwunden; ich
weiß nicht, was das ist, und doppelt glücklich bin ich,
daß ich meine treue Schwester, Schwager Albert
Löns und Anne und alle die andern habe. Sie sind
doch so unbeschreiblich gut zu mir; sollte ich da nicht
zufrieden sein? Ach, wenn ich nur noch hören
könnte, ich glaube, da könnte ich die andere Hin=
fälligkeit leichter ertragen. Doch ich will nicht
murren, auch mein Leiden nicht Schicksal nennen
— nein — nur Schickung.

Übrigens habe ich noch allerhand verfrühte Weih=
nachtsfreuden gehabt, darunter einen eingeschriebe=
nen Brief der Cimbria in Greifswald: der Verbin=
dung gereicht es zu hoher Ehre, mir ihr Band zu
verleihen. (Rosa=silber=grün.) In Erinnerung an
meinen lieben Hermann, dessen Herz einst in frohem
Jugendmut unter diesen Farben pochte, werde ich es
mit Stolz tragen, bis mich der Tod mit meinem
lieben Vorangegangenen vereinigt. Augenblicklich
sitze ich einer berühmten Malerin, Fräulein Oester=
ley, zu einem Bild, auf dem ich das Band der Cim=
bern auf der Brust trage. Leider greifen mich die
Sitzungen sehr an, sodaß ich den nächsten Tag
immer liegen muß.

Ich bin so froh, zu wissen, daß so manches, was
über Hermann geschrieben, Phantasie und Lüge ist.

Berichtigend will ich Ihnen einiges sagen:

Der Entwurf zum Wehrwolf ist bereits in Greifs=
wald entstanden, das Skelett des Romans brachte
Hermann mit in unsere Ehe, kam aber wegen Ar=
beitsüberhäufung nicht zur Fertigstellung. So
könnte ich Ihnen noch Manches anführen.

. . . .

. . . .

Dr. Floerid hat den Museumsplan wieder aufge=
griffen, aber Dr. Staby meint, das läge noch in
weiten Feldern, weil die Geldmittel fehlen. Er hat
einen andern Plan, der sich rascher verwirklichen
läßt. Mir läge ja auch an rascher Verwirklichung,
da meine Tage wohl gezählt sind und ich gern noch
Hermanns Zimmer so einrichten möchte, wie es mir
in der Erinnerung steht. Viel muß ich allerdings
neu anschaffen; denn er selbst hat Manches ver=
schenkt, und der Rest wurde — verschleudert von
a n d e r e r Seite: sein mächtiger Schreibtisch,
Bücherschrank, das breite Ruhebett, sein großer
Teppich, Felle usw. . . . .

Die Hauptsache aber ist das ‚wo‘ und ‚wann‘. Ich
wäre selig und rüstete sofort zum Umzug, wenn ich
nur wüßte, wohin? Nur dahin, wo ich auf Er=
innerungspfaden gehe, denn mich beseelt eine krank=
hafte Sehnsucht — ist das das Ende?

68

Ich freue mich immer an Ihren Berichten über Ihre Hunde.

Mein Schwager Albert hat auch einen neuen Hund, eine Heidewachtel, wie den toten. Dieser ‚Rino‘ ist auch zärtlich, aber nicht so, wie Hella war. Übrigens scheint es Eigenschaft der Wachteln zu sein, daß sie Freunde umarmen, sobald sie Schläge bekommen sollen. So umarmt ‚Rino‘ Albert und versucht, ihn zu küssen. Hella aber sprach tasächlich und erzählte mit voller Wichtigkeit Albert oft eine halbe Stunde lang, was während seiner Abwesenheit passiert war. Ein Jahr nur machte uns allen Hella Freude, da wurde das Tier schwer krank und kam sieben Wochen ins Tierlazarett. Anne, meine Schwägerin, brachte ihm jeden Tag eine Flasche Milch; als er zum ersten Mal wiederkam und uns besuchte, kehrte er auf der Treppe siebenmal wieder um, bis meine Schwester ihn vor das Haus brachte; erst da ging er weg. Dann bekam der Hund einen Rückfall, Typhus, und zuletzt mußte ihm der Tierarzt Cyankali geben, um seinem furchtbaren Leiden ein Ende zu bereiten. Hellas Tod tat uns allen bitter weh — wie hätte es meinen Mann erst geschmerzt, der ging ja ganz in der Tierseele auf.

.   .   .   .

.   .   .   .

Außer dem Cimbernband wurde mir noch eine große Überraschung nach Erscheinen meines Buches

zuteil. Ich sagte Ihnen doch bereits, daß ich so viele
Zuschriften bekam, die ich nicht alle beantworten
konnte. Ein Briefinhalt aber — nur ein Gedicht —
war so schön, so ergreifend, daß ich sofort dafür
dankte. Nun entspann sich ein Briefwechsel und auf
meinen Brief aus Müden kam die Bitte, dem Herrn
einen Besuch zu gestatten. Abends kam schon ein
langes Telegramm und am andern Morgen der Be=
such, aber statt des erwarteten alten Herrn ein ganz
junger, vornehmer Mann.

Er stellte sich mir sogleich vor: ‚Ich bin F .... er
aus D ...... sen, bin evangelisch, 25 Jahre alt,
habe Staatswissenschaft studiert, mache dieser Tage
meinen Doktor in Heidelberg, um dann die Leitung
der väterlichen Werke zu übernehmen. Ich bin ein
großer Verehrer von Hermann Löns und nach Lesen
Ihres Buches auch von Ihnen.‘ Er blieb bei Malve
und mir von 10 bis 4 Uhr, und es waren schöne,
liebe Stunden.

Solch jugendliche Begeisterung tut einem alten
Herzen wohl, und der Gedächtnisaltar für Hermann
baute sich während der Erinnerungsweihestunden
in luftigen Bogen der Phantasie immer höher und
schöner bis in die lichten Wolken, als wolle er i h n
zu uns herunterziehen, die wir in seinem Namen
beisammen waren.

Im Laufe der Unterhaltung hatte der Herr auch
meiner Schwester in zartfühlendster Weise gesagt,

daß er gehört habe, ich lebte in nicht glänzenden
Verhältnissen, sie solle mal ganz offenherzig zu ihm
sein, es wäre sein herzlichster Wunsch, mir zu helfen;
er wolle mir Freude machen, sie solle ihm sagen,
womit er das könne; es solle sofort geschehen. Na=
türlich hat sie ihm geantwortet, daß wir vor vier
Jahren das mit Dank angenommen hätten, heute
brauchten wir es Gott sei Dank nicht mehr. Nun
hat er schon wieder geschrieben und gebeten, er
möchte seine Freundschaft doch zu gerne durch die
Tat beweisen und bäte um Gelegenheit dazu.

Wir haben für August eine Zusammenkunft ver=
einbart. Mir aber ist das Herz weit geworden, daß
es noch solche Menschen gibt."

.   .   .   .

.   .   .   .

Soweit die Mitteilungen aus langen Briefen
meiner lieben Frau Löns, die ich wie ein Heiligtum
aufbewahre und in stillen Feierstunden stets aufs
neue lese. Besonders fesselt mich immer die Schilde=
rung der Denkmalseinweihung in Müden. Wieviel
lese ich da zwischen den Zeilen, und wie steht mir
ihr ergreifendes Frauenschicksal so wehmütig vor
Augen!

An ihr feilte hart die Korrektur des Lebens;
schwarz, tief schwarz war der Stift, mit dem des
Schicksals Hand sie in ihre Seele einmeißelte. Jean
Paul sagt so wahr:

„Menschen und Bücher müssen in mehr als eine
Korrektur gelangen, um die Errata zu verlieren.“

Sie hat die Errata verloren.

.   .   .   .

.   .   .   .

Erschütternd traf mich die Nachricht von ihrem
Ableben, zumal mir der unerbittliche Tod wenige
Tage später — auf grausame Weise — meine ein=
zige Tochter entriß, an deren Werdegang Elisabet
soviel Anteil nahm.

Welch liebe, verstehende Trostworte hätte ihre
leidgewohnte Seele für mein armes Mutterherz ge=
funden!

Nun verbindet mich ein liebes Band mit Elisabets
Schwester Malve, ihrer Pflegerin und ihrem ge=
treuen Eckardt.

Malve, die alle die Sonnentage des Glücks zu An=
fang der Ehe miterlebte, das Kämpfen und Ringen
um Erfolg, die heiße überschwengliche Liebe Löns
zu seinem klugen Eulchen, Elisabets völliges in ihm
Aufgehen, ihre Selbstverleugnung. Der starke Mag=
net, um den sich alles drehte, war „Hermann
Löns, der Dichter der Heide.“ Er war
es immer noch bei den beiden Schwestern, er ist es
heute noch bei Malve, im Gedenken an das Leid,
aber auch die höchste Seligkeit des Frauentums ihrer
Elisabet, die sie nun mit ihm vereinigt weiß.

72

Ich glaube, Malve mit der Widmung dieses Büch=
leins, das ein schwaches Bild der ihr so treuen
Schwester aus meinem Herzen heraus zeichnet, eine
wehmütige Freude zu bereiten.

Das Büchlein selbst aber soll laut an die Herzen
derer pochen, die Hermann Löns lieben, denn der
Gedanke an Elisabet ist von seinem Namen unzer=
trennbar.

Elisabet war, wie sie am Denkmal zu Müden laut
und freudig vor der ganzen Festversammlung, von
Hübbe, dem einstigen Leibfuchs Hermanns, mit dem
er bis zu seinem letzten Lebensjahre in Verbindung
stand und mit ihm über seine beiden Ehen sprach,
ehrend genannt wurde, indem er sich an die ver=
sammelte akademische Jugend wandte:

„Unseres Hermanns erste, liebste und treuste
Frau!"

Die hohe Freude wurde Elisabet noch vor ihrem
Tode zuteil, daß sie ehrende Worte vernehmen
durfte.

Ihre Brust schmückte das ihr von der Cimbria
verliehene Band, unter dem Hermanns Herz ihr
einst jauchzend und heiß verlangend entgegen=
geschlagen hatte.

. . . .

. . . .

Auszüge aus Briefen, die Malve nach dem Heim=
gang Elisabets an mich schrieb, möchte ich den Lesern

nicht vorenthalten, denn sie geben in ihrer schlichten
Schilderung beredtes Zeugnis von der warmen
Liebe, mit der die Verewigte gemeinsam mit der
Schwester das Andenken an Hermann Löns pflegte,
wie von der Sorge, in der sie bis zur dunkeln
Grabespforte um ihre S ch w e st e r lebte.

> 's gibt Gräber, wo die Klage schweigt
> Und nur das Herz von innen blutet,
> Kein Tropfen in die Wimpern steigt
> Und doch die Lava drinnen flutet;
> 's gibt Gräber, die wie Mitternacht
> An unserm Horizonte stehen
> Und alles Leben niederhalten
> Und doch, wenn Abendrot erwacht,
> Mit ihren gold'nen Flügeln wehn.

Droste = Hülshoff.

Auszüge aus Malves Briefen

Jch bin so froh", schreibt Malve, „daß ich zwei herrliche Bilder von meiner Schwester aus ihrer letzten Zeit besitze. Leider kein Bild für Sie, denn das Ölgemälde, das eine Woche vor ihrem Heimgang fertig wurde und dessen die Sitzungen sie so sehr anstrengten, möchte ich wohl vervielfältigen lassen, aber es ist zu teuer. Das andere hat mir Schwager Albert Löns nach einem Gruppenbild vergrößern lassen. Das Ölbild hat meine selige Schwester noch gesehen und mir eingerahmt zum Geburtstag schenken wollen, aber der 24. Oktober kam und die Gute war nicht mehr bei mir.

Das Bild selbst war mit ihrer Erlaubnis auf der großen Herbstausstellung, von wo ich es bekam.

Elisabet sagte noch zu der Malerin: ‚Nun ist das Bild fertig, nun kann ich sterben.‘

Sie war den ganzen Sommer nicht recht munter, mochte nicht ausgehen und fühlte sich schwach. Wenn ich sagte: „Du mußt an die Luft!" antwortete sie: „Quäl mich doch nicht, ich fühle mich im Hause am wohlsten, ich will nicht auf der Straße sterben".

Am 11. September bewog ich sie doch, mit mir zu einer Dame zu gehen. Wir saßen bei herrlichem Sonnenschein eine kurze Weile auf dem Balkon. Auf dem Heimweg klagte sie über Genickschmerzen und ging zu Hause gleich zu Bett.

Am Morgen ging ich mit der Malerin schnell einen Rahmen für das Bild besorgen. Als ich zurückkam, saß Elisabet weinend in ihrem Lehnstuhl und sagte: „Ich glaube, ich bekomme einen Schlag! Es ist mir so sonderbar!"

Schnell legte ich sie aufs Sofa, wo sie schlief bis zum Essen. Nach Tisch kam die Schwägerin und bat, wir möchten doch am dreizehnten zu ihnen kommen. Meine Schwester, die sich wohler fühlte, sagte zu und ging mit mir noch ein Stündchen zu Bekannten. Auf dem Heimweg klagte sie wieder und sagte, sie wolle überhaupt nicht mehr ausgehen. Am 13. September lag sie in Decken warm einge=hüllt auf dem Sofa und bat mich, doch allein auf kurze Zeit zu der Schwägerin zu gehen, da sie uns sicher erwarte.

Endlich ging ich. Mit großer Sorge im Herzen kam ich bald wieder heim und hörte schon auf der Treppe, wie sie laut nach mir und nach Frau Dr. Dahlgrün, die unter uns wohnte, rief. Als ich die Tür öffnete, stöhnte sie: „Hole schnell Frau Dr. D., sie hilft dir — ich muß sterben, ich fühle es."

78

Die Dame kam sofort mit ihrem Mann, und sie
halfen mir meine Schwester beruhigen, denn sie
stand große Schmerzen aus. Ich blieb die Nacht
bei ihr sitzen, und so vergingen Tage und Nächte,
bis ich nicht mehr konnte und eine Krankenpflege=
schwester herbeirief. Unser Arzt sagte: „Es ist eine
sehr starke Erkältung; wenn keine Lungenentzün=
dung dazu kommt, wird es schon wieder besser
werden; sie hat eine gute Natur und schon viel aus=
gehalten.“

So vergingen zwei bange Wochen. Am 27. Sep=
tember fühlte sie sich wohler und fragte ungedul=
dig den Arzt, ob sie denn nicht bald aufstehen dürfe.

Als dann die Schwester kam, meinte sie: „Heute
Nacht brauchen Sie nicht bei mir zu wachen, ich
kann wieder im Schlafzimmer bei meiner Schwester
schlafen. Malve, ich will ganz ruhig sein und dich
garnicht stören!“

Elisabet war den ganzen Tag so lieb und gut
und ganz glücklich, daß ich allein bei ihr blieb. In
der Nacht faßte sie öfter nach mir herüber und sagte:
„Meine liebe, liebe Malve, ich will dich nicht stören,
schlaf nur gut, und wenn ich wieder gesund bin,
dann soll dich Armste meine treue Schwesterliebe
aber auch einmal ganz tüchtig pflegen.“

Gegen 9 Uhr wurde sie wieder sehr unruhig und
bat mich, sie in die Nebenstube zu betten. Ich wußte,
warum, da hatte sie Hermanns Bild vor Augen.

Ich tat es schnell, aber sie hatte einen leichten Schüttelfrost. Ich zog mich an, weil ich etwas besorgen mußte. Indessen kam meine Schwägerin, Alberts Frau. Mit einem langen Blick sah mich Elisabet an — ach, es sollte der letzte sein, der für mich aus den lieben Augen kam. „Malve, komm bald wieder." Das waren auch ihre letzten Worte für mich.

Sie unterhielt sich noch mit Anne, die ihr allerlei aufschrieb. Plötzlich ruft sie: „Anne — schnell — halt mich!" Die legt ihr einen Arm unter den Kopf, die andere Hand hält meine Schwester fest. Anne küßt sie und legt ihre Wange an die ihre, macht ihre Hand frei, um mit dem bereitstehenden Wasser den trockenen Mund anzufeuchten. Dabei umfassen Elisabets weit geöffnete Augen noch einmal des Gatten Bild, wenden sich dann zu Anne — ein Seufzer — und alles war vorüber.

Zehn Minuten später kam ich zurück und fand die geliebte Schwester im ewigen Schlaf. Unfaßbar ist mir heute noch, daß sie von mir gehen — ohne mich ihre Seele aushauchen konnte.

Meinetwegen machte sich die treue Schwester bis zuletzt noch Sorge; wiederholt fragte sie die Krankenschwester, ob denn noch nicht der erste Oktober sei, solange müsse sie unbedingt noch leben. Als die Schwester zu ihrer Beruhigung sagte, obgleich es nicht wahr war, es sei der erste Oktober, wurde sie

ruhiger. Am andern Morgen mußte ich ihr den
Abreißkalender geben. Ärgerlich riß sie die Blätter
bis zum ersten ab und sagte: „Du vergissest immer,
abzureißen, es ist doch schon der erste Oktober!" So
hängt der Kalender noch am Schreibtisch und wird
mir, solange ich lebe, an der Schwester übergroße
Sorge um mich, die sie das Sterben hinausschieben
ließ, eine stete Erinnerung sein. Wollte sie doch,
daß ich noch für das volle Jahr die Einnahme aus
den Büchern haben sollte.

Nein — auf Ihre Frage muß ich antworten, daß
meiner Schwester Anteil nicht auf mich fällt, den
bekommt der Sohn Dettmer Löns. Mir bleibt nur
das Erträgnis aus den beiden Büchern „Erinnerungen" und „Junglaub", von welch ersterem die
vierte Auflage bald herauskommt.

Am 12. März findet hier eine Hermann und Elisabet Löns=Gedächtnisfeier statt. . . . .

Der Abend des 12. März war herrlich. Der
jüngste Bruder Ernst Löns hielt einen zu Herzen
gehenden Vortrag, und ein Doppelquartett sang all
die schönen Lieder aus dem kleinen Rosengarten
meines Schwagers. Ich hatte dem Dirigenten im
vorigen Jahr — ohne Wissen meiner Schwester —
ein herrliches Gedicht gegeben, das letzte, das mein
Schwager Hermann Löns für sie verfaßte. Elisabet sollte mit der Vertonung überrascht werden.
Nun ist es fertig, doch sie kann sich nicht mehr

darüber freuen. Sie wußte es aber; weil es so lange
dauerte, hatte ich es ihr gesagt.

Der Wortlaut von Ernst Löns' Vortrag lautete,
soweit er Elisabet betrifft:

.   .   .   .   :

.   .   .   .   :

„Niemand ersteigt die Höhe des Lebens, der
nicht die Tiefen des Leides durchschritten hat. Die
Feierstunde dieses Abends ist der Erinnerung
zweier Menschen geweiht, die auf der Höhe gestan-
den haben und die den schweren Weg schmerzvollen
Leidens durchwandern mußten. Unauflöslich ist der
Name Hermann Löns verbunden mit der stolzen
Stadt am hohen Ufer. Aber ebenso unzertrennbar
mit dem Namen meines Bruders ist der Name jener
Frau verbunden, die berufen war, ihm Weggenossin
zu sein auf weiter, oft steiniger, dornenvoller Werde-
gangstrecke seines Lebens:

Elisabet Löns=Erbeck."

Nun schildert Ernst Löns, wie Hermann mit
Elisabet bekannt wurde, und spricht von ihren „Erinnerungen" und „Junglaub" und über die lange
Trennungszeit, wo sie Briefwechsel verband, bis
zur glücklichen Ehe; spricht von den wundervollen
Gedichten, die Hermann seiner Elisabet gewidmet hat.

„Während so der Dichter Löns zu immer
größerer Höhe heranwuchs, senkte sich das Leid auf
den Menschen Löns.

Das Eheglück trübte sich — wodurch?? Es ist
müßig, hier von einer Schuldfrage zu sprechen, es
war einfach eine Schicksalsfrage, die ihren tiefen
Schatten warf und zur Auflösung der Ehe führte.
Der tiefere Grund liegt wohl darin, daß in der Ehe
meines Bruders sehnlichster Wunsch nach Nach=
kommenschaft wiederholt Enttäuschung erlitt.

Nun begann auch der schwere Leidensweg für
Elisabet Löns. Nie hat sie nachgelassen in ihrer
starken Liebe zu Hermann. Getrennt von ihm hat
sie mit heißer Sorge und innigster Anteilnahme
seinen ferneren Lebensweg verfolgt.

Die zweite Ehe, welche Löns einging, trug nur
dazu bei, sein seelisches Leid zu vergrößern. Immer
mehr zog sich der einst so lebensfrohe, kraft=, humor=
und geistsprühende Mann zurück. Einsamer und ein=
samer wurde seine Seele. Nur im allerengsten Kreis
treuer Freunde, war er wieder „Hermann Löns".
Die Nachricht von der tiefen seelischen Not, die ihm
seine zweite Ehe bereitet hatte, erschütterte Elisabet,
die in innigster Liebe seiner gedachte, unendlich
schwer und führte ihren restlosen Nervenzusammen=
bruch, mit dauernder Taubheit im Gefolge, herbei.
Rührend und ergreifend lebte sie nur noch der Er=
innerung an die Zeit ihres Glückes an der Seite
ihres Hermann . . . ."

Malve schreibt:

„Mein Leben ist so leer ohne die Schwester, die mit so vieler Herzensgüte und hohen Geistesgaben ausgerüstet war und trotz ihres großen Lebensleides ihren goldenen Humor bewahrt hatte Er war einst Hermanns helles Entzücken. Ihre Umgebung hat oft Tränen gelacht, wenn sie erzählte oder vorlas, mit Vorliebe aus der Zeitung Ihres Sohnes. Sie las zwergfellerschütternd den humoristischen badischen Dialekt.

Fast ihr ganzer Briefwechsel ist auf mich übergegangen, und ich bekomme viel Liebes und Tröstendes zu hören.

Elisabet hat kein Grab, sie wurde am 2. Oktober in Braunschweig eingeäschert, und die Urne steht im Urnenhain in Hannover, hinter einer Marmorwand, worauf nur ihr Name steht. Auf ihren Wunsch kaufte ich zwei Plätze, damit wir beide im Tode einst nebeneinander sind.

Pfingsten sollte eine Feier des Wehrwolfbundes am Denkmal in Müden stattfinden. Wochen vorher waren alle Quartiere belegt, 20 000 Menschen angemeldet — auch Ludendorff. In letzter Stunde wurde kurz vor dem Fest die Feier verboten.

Auch das im August geplante Heideblütenfest am Lönsdenkmal wurde verboten, konnte aber dann doch stattfinden, nur der Feldgottesdienst durfte nicht abgehalten werden.

Ich wünschte, Sie könnten mal alle Briefe lesen,
die Elisabet nach ihres Mannes Heldentod und nach
dem Erscheinen der „Erinnerungen“ erhielt. Dabei
war sie doch so anspruchslos und bescheiden; wer
aber unter ihrem sonnigen Humor stand, hatte sie
lieb. Nur wenn von Hermann die Rede war, oder
wenn sie selbst von ihm erzählte, dann blitzten ihre
Augen, und sie straffte sich förmlich auf.

Ich lebe jetzt in ihrer Erinnerung weiter, als ob
sie noch bei mir wäre, nur ist mir meist so unsagbar
traurig zu Mute.

Die Rückerinnerung überkommt mich oft. Armer,
armer Hermann — nur wer ihn in seinen letzten
Jahren gekannt hat, kann wissen, wie er litt — —
um sein unseliges Kind. Wie oft sagte man zu
Elisabet: „Das ist doch eine Genugtuung für Sie!“
Aber nein — es war ihr selbst ein Schmerz — tief
einschneidend, ihr mitfühlendes Herz war viel zu
groß, litt mit ihm und hatte nur Erbarmen.

Ich hoffte ein Bildchen von mir beizulegen, aber
es wurde nicht fertig. Dr. Dahlgrüns Sohn ist mein
junger Freund. Da er einen Photo=Apparat hat,
ist er stets auf der Suche nach neuen Objekten, und
ich war sein neuestes Opferlamm. Sein Vater war
ein guter Freund unseres Hermann, verkehrte viel
bei dem jungen Ehepaar Löns; nun wohnen wir
schon zehn Jahre zusammen in einem Hause. Er ist
ein guter Kenner der beiden Ehen; denn mein

Schwager hat bis zu seinem Auszug ins Feld bei
D. . . . . . .'s verkehrt, er nimmt auch kein Blatt vor
den Mund, wenn die Rede darauf kommt."

. . . .

. . . .

Soviel Liebes schrieb mir Malve — ein wert-
volles, schlichtes Menschenkind gleich ihrer verewigten
Schwester Elisabet. Möge ihr ein recht glück-
licher Lebensabend nach all dem miterlebten Schweren beschieden sein, diese Zeilen aber dazu beitragen,
Elisabets Bild in der Glorie zu zeigen, die sie als

erste, liebste und treuste Frau des Dichters
Hermann Löns verdient.

Der Seufzer kehret nicht zurück,
Spurlos entschwindet Freud' und Glück;
Und doch reicht diese Spanne Zeit
Hinüber in die Ewigkeit.

Gedächtnisfeier

für

Frau Hermann Löns, Elisabet, geb. Erbeck.

Gehalten am 30. September 1922
von
Herrn Pastor Rohde-Hannover
(Veröffentlicht mit dessen freundlicher Erlaubnis)

---

1. Samuel 7, 12. Da nahm Samuel
einen Stein und setzte ihn zwischen
Klippen und See und hieß ihn Eben=
Ezer und sprach: Bis hierher hat uns
der Herr geholfen.

Solch' einen Gedenkstein pflegt man sonst zu
setzen in Tagen des Glücks; Ihr wollt ihn mit
Recht aufrichten an diesem Sarge. Es geht durch
Eure Herzen ein tiefes Empfinden davon. Der Herr
hat geholfen auch am Ende dieses Lebens, das reich
war an Glück und Leid, wie wenige. Denn in
diesem Sarge ruht eine Frau, stark vor anderen,
stark im Vertrauen, stark in ihrer Liebe, stark nicht
zum wenigsten auch im Leide. Und nun, wo ihre
starke Seele nach soviel Kämpfen zur Ruhe ge=
kommen ist, da ist Euch, die Ihr sie lieb gehabt habt,
als müßtet ihr sagen: Der Herr hat geholfen, er,
der ihres Lebens und Leides Kraft gewesen ist. Das
hilft Euch hinweg über das Leid des Scheidens,
hilft besonders der Schwester, die für sie in den
letzten Jahrzehnten gelebt hat und nun nach all den
schweren Jahren einsam geworden ist.

Und unter diesem Wort stellt Ihr Euch dann
wohl das Bild einer reichen Persönlichkeit wieder
dankbar vor die Seele, laßt an Euch auch ihr Leben
vorüberziehen, mit allem Licht und allem Dunkel

darum. Sie war eine hochangelegte Frau von reichen Gaben des Verstandes und des Herzens. So fand sie nach den Jahren fröhlicher Jugend den Mann, der dann ihr Schicksal wurde und ihr ganzes Leben und Denken ausgefüllt, der ihr das höchste Glück gebracht und in dem sie doch auch tiefstes Leid kennen gelernt hat, bis zur letzten Stunde hin. Wir dürfen an sie beide nicht den Maßstab gewöhnlicher Menschen anlegen. Ungewöhnliche Menschen haben ihr eigenes Maß. Ich glaube, daß ihn, dessen Name seit seinem Heldentode in aller Munde ist, die wenigsten früher gerecht einschätzten, die ihn heute preisen, aber ich glaube, daß nur eine ihm g a n z gerecht geworden ist, die eine, die nun hier im Sarge ruht. Sie hat uns selbst in einem schönen Büchlein erzählt, was sie in Jahren, reich an Sorgen und Mühe und Glück, mit ihm erlebte, aber das Feinste in allem ist mir doch, wie sie mit zarter Hand den Schleier zieht über ihr schwerstes Erleben. Das ist wahre edelste Größe. Und ich wollte, es hätten viele gehört, wie sie über ihn sprach; das war Liebe, stärker als der Tod.

Und wie überhaupt Liebe und zarteste Fürsorge und Verstehen ihr eigen war, ich hab's gesehen, und Ihr wißt es auch. Ich denke nur daran, wie sie sich freute, den 1. Oktober noch zu erleben, weil sie meinte, auch damit einen Liebesdienst zu tun, daß sie ihr Leiden noch so lange trug. Ich kann es nicht

weiter malen, dies, ihr Wesen. — Aber das muß
ich doch sagen, alle ihre Größe ruhte auf einem
lebendigen Suchen nach Gott, auf ihrem immer
neuen Gottvertrauen. Wie oft hat sie sich darin
am Tische des Herrn gestärkt, noch vor vier Wochen
in unserer Ägidienkirche, die sie so lieb hatte. Gott
hat sie schwer heimgesucht wie wenige, sie aber hat
sich nur enger an ihn angeschlossen. Immer ließ sie
sich gern aufschreiben, was in der Predigt gesagt
war und es war ihr eine Kraft. War ihr Glaube
Torheit? War er nicht vielmehr gerade echte Größe,
die Quelle dessen, was uns groß und echt und
liebenswert an ihr war? Und so hat Gott der Herr
geholfen durch die schwerste Zeit, geholfen auch in
der letzten Stunde, daß sie nach schweren Leidens-
wochen zuletzt ohne Kampf hinüberging.

Wir verstanden oft Gottes Weg in ihrem Leben
nicht, verstanden am wenigsten, daß er sie, die
lebensvolle, die ganz auf Verkehr mit den anderen
angelegt war, durch ihre Taubheit aus dem Kreise
lebendiger Gesellschaft fast ausschloß. Aber das dürfen wir doch sagen: In der Stille ist sie gereift. Und
sie mußte jetzt ganz anders für alle Freude zu danken, die ihr Gott gab. Welche Freude war es ihr,
wenn aus dem wachsenden Kreise der Freunde und
Verehrer ihres Mannes einer nach dem anderen
gerade jetzt noch ihr nahe trat. Mit welchem Glück
hat sie vor einem Jahre noch der Enthüllungsfeier

des Löns-Gedenksteins in der Heide beigewohnt.
Es war wohl die letzte große Freude ihres Lebens.
Ihr Wunsch, noch einmal still in seiner lieben Heide
zu wohnen, hat sich nicht mehr erfüllt. Sie ist nun
statt dessen aus aller Unruhe ganz in die Stille und
Ruhe geholt. Und nun ist es uns, als sei es ihre
Stimme, die zu uns redet aus dem so still und friedlich gewordenen Gesicht, noch einmal mit dem leuchtenden freundlichen Blick ihrer klaren Augen: Bis
hierher hat mir der Herr geholfen.

Liebe Leidtragende, so wollen wir sie ruhen
lassen. Gott hat es wohl gemacht. Und ihr selbst
werdet auch immer mehr Stille und Trost finden in
dieser Gewißheit. Es ist durch Euren Kreis de
Leides viel gegangen in diesen Jahren. Wir alle
lernen es an ihr, auch das Leid ist Schule für uns,
in der Gottes Hand an uns wirkt. Laßt uns denn
dankbar zurückblicken auf all' das, was unsere liebe
Entschlafene uns war. Wir sehen ihr Leid in der
Verklärung des Todes, aber wir fühlen auch: Was
echt und wahr an ihr ist, das kann nicht sterben. Sie
lebt nicht nur in unserem Gedächtnis, sie lebt in
Gottes Reich. Sterben ist ein Heimgehen in das
große Vaterhaus, wo alle die Schwachheit abgetan
ist. Wir ahnen nicht, was das für ein Leben ist.
Wir wissen nur: Was kein Auge gesehen und kein
Ohr gehört und in keines Menschen Herz gekommen
ist, d a s hat Gott bereitet denen, die ihn lieben.

Und wo solche Liebe zu Gott die Kraft des Lebens
war, wie bei unserer lieben Entschlafenen, da fühlen wir gerade, wenn der Leib vergeht, um so tiefer
die Unvergänglichkeit dieses wahren Lebens. Damit
laßt uns auch von diesem Sarge Abschied nehmen
und weitergehen in das Leben, das noch vor uns
liegt, weitergehen in dankbarem, liebevollem Rück-
blick auf das, was war, und in gläubigem Aufblick
zu Gott, sodaß es auch an unserem Ende heißen
kann: Bis hierher hat mir der Herr geholfen. Amen.

Nachtrag.

Erwähnen möchte ich noch, daß Malve schon vor
zwei Jahren Hermann Löns erstes Arbeitszimmer
wiederhergestellt hat, in dem er während der Werde-
gangsjahre gearbeitet. Viele der herrlichen Plaudereien und Gedichte sind darin entstanden. Alle Bilder Hermanns und Elisabets sind in dem Zimmer
vereint. Schon oft haben Löns-Verehrer sich an
ihm, das mit soviel Pietät gehütet wird, erfreut.

Unter Hermanns erstem Schreibtisch, demselben,
den Elisabet in ihren „Erinnerungen" erwähnt, liegt
noch sein „Heidschnuckenfell" auf dem Linoleum-
teppich. Sogar seine uralte, von den Großeltern
Elisabets stammende Jagdtruhe steht im Zimmer.

Sein Geist und die Erinnerung an ihn schwebt durch den Raum und weiht die Stätte.

Der Stoß an der Wand ist von dem ersten Birkhahn, den er im Hannoverschen schoß. Auf seinem alten Lehnstuhl liegt noch das Kissen und die Schlummerrolle, die er im Gebrauch hatte.

Ergänzend sei noch erwähnt, daß Elisabet Besitzerin der im Verlag von Gersbach erschienenen — ihr gewidmeten — Gedichte ihres Mannes war und sie herausgab, auch auf Bitten des inzwischen verstorbenen Herrn Gersbach einwilligte, daß Dr. Castelle die Einleitung schrieb. Diese Bedingung hat auch die zweite Frau gestellt. Die Gedichte sind nach dem Original gedruckt, die sich im Besitz Elisabets befanden und nach deren Heimgang in den Händen Malves sind.

Aus der Einleitung geht dann hervor, als ob Herr Apfelstädt oder Dr. Castelle die Gedichte besessen hätten. Andere ungedruckte Gedichte von Hermann Löns, die sich im Besitz Elisabets befanden, mußten liegen bleiben, weil sonst neue Prozesse zu erwarten waren. Elisabet dachte viel zu vornehm und wollte sogar auf die Einnahme zu Gunsten der zweiten Frau ganz verzichten, nur damit die Gedichte des geliebten Mannes in die Öffentlichkeit dringen sollten. Das duldete aber der Verleger Gersbach auf keinen Fall und tat alles, um die Angelegenheit endlich zu schlichten.

94

In die Zeit der ersten Ehe fallen so ziemlich alle
Plaudereien und Skizzen in „Mein braunes Buch",
„Grünes Buch", „Heidebilder", „Buntes Buch",
„Draußen vor dem Tore" — sie waren auch damals
in Tagesblättern und Zeitschriften erschienen, bevor
sie später in Buchform herauskamen. Auch das
blaue und goldene Buch enthält einzelne Balladen
und Gedichte, die zur selben Zeit in Zeitschriften,
wie z. B. „N i e d e r s a c h s e n" erschienen sind, und
Malve besitzt aus Elisabets Nachlaß noch Hand=
schriften von Löns von den Gedichten, die Eigentum
ihrer Schwester waren; einzelne hat ihr Schwager
in der Buchausgabe unwesentlich geändert.

Zwei Briefe von Dr. Castelle fand Malve, worin
er Elisabet um Mitarbeit an der Biographie ihres
Mannes bittet.

Ich betone hier vor aller Öffentlichkeit, daß es
mir fern liegt, Herrn Dr. Castelle oder der zweiten
Frau irgendwie zu nahe zu treten, nur möchte ich
berichtigen helfen, was Elisabet so sehr am Herzen
lag und worüber sie mir oft klagte. Sie war ein
krankes Menschenkind, das viel zu edel dachte und
beständig besorgt war, es könne etwas falsch aus=
gelegt werden und Hermanns Andenken trüben.
Da litt sie lieber selbst und sie litt an all den kleinen
Nadelstichen mehr, als ihr über die Lippen kam.